ANTOLOGÍA TEATRAL

PEDRO AGUAYO CHUK

ola
PUBLISHING
INTERNACIONAL

Hola Publishing Internacional
Eugenio Sue 79, int. 4, 11550
Ciudad de México

Primera edición, Marzo 2023
Impreso en los Estados Unidos de América
ISBN: 978-1-63765-380-7

Hola Publishing Internacional es una empresa de autopublicación que publica ficción y no ficción para adultos, literatura infantil, autoayuda, espiritual y libros religiosos. Continuamente nos esmeramos para ayudar a que los autores alcancen sus metas de publicación y proveer muchos servicios distintos que los ayuden a lograrlo. No publicamos libros que sean considerados política, religiosa o socialmente irrespetuosos, o libros que sean sexualmente provocativos, incluyendo erótica. Hola se reserva el derecho de rechazar la publicación de cualquier manuscrito si se considera que no se alinea con nuestros principios. ¿Tiene una idea para un libro que quisiera que consideremos para publicación? Por favor visite www.holapublishing.com para más información.

Dedico este libro a todos los actores
que han dado vida a mis personajes.

Gracias.

ÍNDICE

CANTATA DE LOS MIGRANTES

DE PEDRO AGUAYO CHUK

(pieza para cuatro voces, los recitativos de la cantata se musicalizarán o pueden ser sustituidos por relatos hablados con acompañamiento rítmico, se sugiere actores que canten y puedan realizar coreografías).

1ª escena: la partida.

2ª escena: los motivos.

3ª escena: el miedo.

4ª escena: los que se pierden en el camino.

5ª escena: los migrantes felices.

6ª escena: la llegada al norte.

Primera escena: la partida

(Al escenario entran los migrantes, entran 1, 2, 3 y 4 y realizan la coreografía del adiós; es dramática, pero los cuerpos al final muestran la esperanza en su camino).

Migrante 1

(Lleva una mochila en la espalda, se despide).
Adiós, madre. Despídeme de mis hermanos.
Te voy a extrañar tanto, pero debo marcharme.
Tengo los bolsillos vacíos, nada en las manos.
Aquí para nosotros no hay nada, sólo hambre.
(Entra la sombra 1, es una mujer
pequeña con rebozo que se despide).

Sombra 1

Mira, mijo, déjame verte los ojos. Tal vez sea la última vez.

Migrante 1

No diga eso, no diga eso más.
Nos vamos a volver a ver, yo voy a venir
con muchos dólares pa construirle su casita.

Sombra 1

(Mueve la cabeza incrédula).
Tú cuídate mucho y no olvides a tus parientes.
Háblame cuando puedas. No me gusta
decir adiós; dame un beso y déjame
darte la bendición.

Migrante 2

(En otra área del escenario).
Me voy, amor, con muchas ganas de ganar plata.
Voy a trabajar duro, me retiro de los amaneceres
de mi tierra. Tus ojos harán falta.
Sé que me voy a alejar del aire que respiro.

Sombra 2 (entra sombra)

Llévame contigo, ¡no me dejes sola!

Migrante 2

El camino es largo y peligroso, no quiero exponerte.
(Ella lo abrasa desesperada, no quiere soltarlo.
Él se desprende y se va).

Migrante 3

(El hijo lo abraza).
Mijo, no estés triste, no llores, no tienes que dudar.
Espero un día regresar y envolverte en mis brazos.
Sabrá Dios qué me espera; tú bendición guiará mis pasos.
Basta ya, no me gustan las despedidas.
Déjame marchar.

Migrante 4

Amada mía, te prometo volver por ti y mi hija.
Me duele tanto dejarlas solas. ¡No llores!
Me voy porque no hay trabajo, voy por los dólares.
Sé que muy pronto viviremos mejor.

Segunda escena: los motivos

Migrante 1

¿Por qué dejamos la tierra? ¿Por qué nos marchamos?
¿Para qué tanto esfuerzo? ¿Por qué caminamos?
En nuestra tierra siempre se queda una
parte invariablemente;nuestra alma y
corazón se parten permanentemente.

Migrante 3

Partimos con la esperanza en la piel.
Somos peregrinoscon la ilusión
en la mente y en el corazón
el anhelo, deseo, empeño y afán
de ganarnos la vida, de conocer
otros lugares, pueblos, ciudades;
así creamos riqueza, mundos.
¡Todos somos migrantes!

Migrante 2

Yo fui sacado por los poderosos, soy expatriado.
A balazos mi tierra me fue arrancada.
Somos desterrados, desplazados y ausentes.
Algunos se quedan en una tumba, otros lloran sin fortuna.

Migrante 4

Mis tierras, mis ríos, fueron envenenadas por una mina.
Tenían que sacar el oro, la plata y el cobre.

No importa que sean tierras sagradas,
con todo acaba el gran capital.

Migrante 1

La selva destruida, arrasada para
servir a las transnacionales.
Los bosques destruidos y aniquilados,
el aire y el agua contaminados,
eso es lo que dejamos en nuestra patria.

Tercera escena: el miedo

Migrante 4

Con la incertidumbre caminamos a lo desconocido.
Somos tantos, de todas las edades, de todos los colores,
trepados todos en el lomo de la bestia de acero
o en una frágil barca remontando el mar embravecido.

Migrante 2

Muchos caen al mar; se ahogan junto con sus sueños,
se pierden para siempre en la inmensidad.
Qué frágil es la vida, se va con tanta facilidad,
sin patria, sin destino, de nada dueños.

Migrante 3

El ferrocarril nos llevará al norte, gritan entusiasmados.
Y en su lomo, con frío, hambre y miedo, viajamos.

Algunos caen y sus cuerpos son destrozados,
otros son secuestrados o asesinados.

Migrante 1

Los jóvenes obligados a servir a narcotraficantes
Las mujeres violadas y prostituidas
Los niños vendidos al mejor postor
Y no acaba nunca el horror.

Cuarta escena: los que se pierden en el camino

Migrante 2

Pero están los que nunca regresan.
En frágiles barcazas intentan atravesar el mar;
viajan armados con la esperanza al norte,
pero sólo encuentran la muerte.
(Se pone una máscara y sube a una barca en
el mar. La escena se llena de una luz azul.
Los migrantes viajan también).
Anoche me visitó una sirena; me hechizó
cantando una vieja melodía de mi
aldea que habla de la tristeza que
algunas veces se apodera de nuestros
ojos. Cierra los ojos, me dijo, y sueña.
Llora y luego bebe tus lágrimas
saladas. Así se ahoga la tristeza que
sientes por los que dejaste atrás.

Eso hice hasta que ella se fue nadando.
Yo me quedé suspirando.
(Entra el hijo; es una sombra).

Migrante 2

Él me dijo que ya estábamos en tierra, que lo viera, que
caminaría en esa hermosa tierra del norte, que viera los
rascacielos donde trabajaríamos, pero un montón de basura
flotando en el mar que algún barco arrojó, botellas de plástico y desperdicios. Pero él avanzó sin miedo desde la proa
y juró que como Jesús caminaría sobre las aguas. Firme se
lanzó al mar y se reía y nos gritaba: ¡Síganme! ¡Llegamos!
¡Qué hermosas son las mujeres del norte!, decía, pero luego,
en un instante, sólo desapareció. Creo que no sabía nadar.
¡Él enloqueció! Desde que su hijo se ahogó, se llamaba
Elian, un chiquillo de seis años, durante la tormenta; una
ola lo arrojó fuera de la barca y no lo volvimos a ver.

Migrante 3

Otros montan al techo de un tren.
Llevan sus sueños en la espalda,
pero el ferrocarril nunca se detiene.
Frágiles vidas que, cuando caen, acaban.

Sombra 5

(Entra en un carrito y se impulsa
con las manos. No tiene piernas).
A mí la bestia me cortó las piernas.
Me subí al techo del tren para viajar al norte y

muy cerca de Veracruz me quedé dormida;
me amarré de una muñeca, pero con
el movimiento del tren el nudo se aflojó
y me caí. Mis piernas quedaron en los
durmientes y la bestia se las tragó.
Muchos mueren así, pero yo quedé viva y
ahora vendo dulces en las calles.

Migrante 4

En dolorosas caravanas otros avanzan,
niños, ancianos, hombres y mujeres.
El Sol, la lluvia, el frío o el calor no los ataja,
pero los traficantes y la migra les darán mortaja.

Sombra 1

(Usa una máscara de calavera).
Marchaba con otros migrantes por una
carretera del norte de México; por la tarde
nos detuvimos para comer y descansar.
Llegó una camioneta con hombres
armados, me subieron a la fuerza, me
dijeron que, si pasaba una carga de droga,
me dejarían libre, pero me negué. Entonces
uno de ellos me apuntó a la cabeza y disparó.
Luego me arrojaron a una barranca.
Ahora sólo soy una sombra que no
regresará a casa.

Migrante 1

Alguien en su patria los espera;
son sus padres, esposas, hijos y hermanos;
son los que se pierden para siempre.
Nunca regresarán con sus seres queridos.

Quinta escena: los migrantes felices

(Los otros migrantes).

Migrante 1

(Los personajes aparecen con máscaras y
botargas. La escena es carnavalesca).
Africanos, latinoamericanos, árabes, caminantes,
quiero contarles de los migrantes felices,
los que tienen las puertas abiertas allá en el norte;
son bien venidos, bien recibidos, ¡los abrazan fuerte!

Migrante 2

(Un barril baila en el escenario).
Es el petróleo líquido de negro espectro, esto es cierto.
No importa su origen, bienvenido de los océanos enormes,
de la tierra, de Asia, de América o del desierto.
Insaciables en lo norte lo devoran muy voraces.

Migrante 3

(Todos bailan festivos).
También marchan alegres al norte, los metales

El oro, la plata, el hierro y el cobre
En monedas y lingotes viajan seguros los minerales
Los extraen, los llevan por barco o por tren.

Migrante 1

(Aparece apresurado).
Estoy en las baterías de tu computadora.
Soy el litio y te acompaño también en tu celular.
Tu auto eléctrico voy a activar.
Chinos, europeos y americanos por mí van a pelear.

Migrante 4

(Baila drogado).
Esto sí es muy bueno, mi hermano;
pasa la coca, la heroína y la mariguana.
Toneladas de droga en esto yo me afano.
Se atascan y se drogan ayer, hoy y mañana.

Migrante 3

Es la papaya, la fresa, el aguacate y la banana
que en el norte se desayuna cada mañana.
Somos migrantes de todos los colores.
esto no lo olvides. Vamos al norte; no lo ignores.

Migrante 2

Todos vamos felices.
Tenemos las fronteras abiertas,

aunque en los países pobres sólo quede
destrucción, caos, pobreza y contaminación.

Sexta escena: la llegada al norte

Migrante 1

Al final cruzamos la frontera del norte.
¿Llegamos al paraíso?, se preguntan todos.
¿Así es el edén? Pero no existe el cielo prometido.
Ellos hablan en otro idioma; nos miran con desconfianza.

Migrante 4

Está también la discriminación, y
los malos salarios y la explotación.
Somos ilegales en la pizca del tomate,
en la construcción, lavando platos.

Migrante 3

Nunca aceptados, sino perseguidos y golpeados,
pero necesarios para que la maquinaria gire,
para que el primer mundo funcione,
para que nuestras familias en el sur coman.

Migrante 2

Así son los éxodos de nuestro tiempo:
emigrantes cargando estigmas, marcas en la espalda,
creando riquezas en otras tierras,
creando culturas, nuevos cosmos, sociedades distintas.

EL ZAPATO DE JUAN PABLO

DE PEDRO AGUAYO CHUK

(PARA MI QUERIDO HIJO JUAN PABLO)

COMEDIA INFANTIL

Personajes

JUAN PABLO: niño travieso, simpático y de 8 años.

BURRO SABELOTODO: es elegante, usa corbata y bombín.

CONEJO MALAPATA: escapó del sombrero de copa de un mago; es distraído, nervioso y melodramático.

HADA ZAPATILLA ROJA: tal vez cuarenta años, enojona, coqueta y presumida.

DUENDE LADRON DE CALCETINES: viejo y lleva barba crecida como un vagabundo. Usa un gorro y guantes hechos de calcetines.

1

(La obra ocurre en un parque de
hongos gigantes y árboles enanos).

(Entra Juan Pablo, aburrido, y canta).

JUAN PABLO: Hoy mi mamá me dijo que apagara la
televisión, así que, como no sabía qué hacer, salí a la calle
a buscar a mis amigos, pero como no encontré a ninguno,
caminé y caminé, hasta que llegué a este extraño parque en
el que no hay nadie. No hay niños ni risas ni nada y yo…

> estoy aburrido. No sé qué hacer.
> Qué feo día. No tengo amigos.
> Me pregunto: ¿esto es crecer?
> Nada de juegos, sólo castigos.

> ¡Quédate callado! Arregla tu cuarto.
> ¡No rezongues! Levanta tus juguetes.
> Y de esto: ¡de todo eso estoy harto!
> Juan Pablo, ¿dónde te metes?

> ¡No tires el espagueti!
> Anuda tus agujetas.
> Dale un beso a tu tía Lety.
> Ahí, nunca, ¡nunca te metas!

JUAN PABLO: Estoy aburrido (enojado), ¡estoy fas-
tidiado, pues no sé qué hacer (pregunta a los niños)! ¿Y
ustedes qué hacen para no aburrirse?

VOCES DE LOS NIÑOS: ¡Veo televisión! ¡Leo un libro! ¡Dibujo! ¡Me divierto con mi videojuego! ¡Me duermo! ¡Le pego a mi hermano menor! ¡Hago travesuras! ¡Juego con mi mascota!

JUAN PABLO: ¡Sí! Ya hice todo eso y aún estoy aburrido (camina a un extremo del escenario, donde hay una lata vieja; la mira, duda y la patea. (sale disparado su zapato para afuera del escenario). ¡Chin! ¡Chispas! ¡Ups! Creo que tengo un problema: no veo mi zapato. Debo buscarlo, o tendré problemas.

JUAN PABLO: Mi zapato no es muy nuevo, pero me queda bien, además, a mi mamá no le va a gustar que regrese con un solo zapato. ¡Voy a buscarlo! (Sale).

BURRO SABELOTODO (lleva anteojos, corbata y bombín. Entra cantando):

Cuando a nadie puedes ver
y el aburrimiento toca a tu puerta,
recuerda que algo puedes aprender
porque siempre hay un libro cerca.
Abrir un libro es abrir ventanas,
dejar que vuele la imaginación.
Lee un libro todas las mañanas
y no olvides esta canción.
Si no leo, me aburro
y a la ignorancia abro la puerta.
Un libro es un buen amigo
y siempre tiene una respuesta.

JUAN PABLO: (entra llorando) ¡No está por ningún lado! ¿Y ahora qué voy a hacer? Mi mamá me va a regañar y cuando llegue mi papá, me castigará. No sé qué haré (tiene la cabeza entre sus manos y llora).

BURRO: ¡Pues búscalo bien!

JUAN PABLO: (sin mirar ni dejar de llorar) ¡Ya lo busqué!

BURRO: Quiero decir en el lugar adecuado.

JUAN PABLO: ¿Y cuál es el lugar adecuado? (lo ve) ¿Tú que vas a saber? Eres sólo un burro.

BURRO: (orgulloso) Sí soy un burro, ¡pero no soy burro!

2

JUAN PABLO: (ríe) Híjole, qué frases te hechas; te pareces a mi mamá (la imita). ¡Vete, pero no te vayas!

BURRO: Quiero decir que no soy un burro que no entiende las cosas.

JUAN PABLO: Un burro siempre será un burro.

BURRO: Esa sí es una frase poco inteligente. Todos pueden cambiar, bueno, si lo desean y hacen algo por cambiar.

JUAN PABLO: Y tú, que eres sólo un burro, ¿cómo lo lograste?

BURRO: ¡Preguntando! ¡Preguntando! Primero, me cansé de que la palabra burro fuera sinónimo de tonto, de alguien que no estudia; no quería que a los niños que no estudian les pusieran orejas de burro. Alguien me regaló un libro y lo abrí, pero no entendí nada; estaba lleno de letras, pero también tenía dibujos. Ahí había un burro blanco y después, cuando aprendí a leer, supe que se llamaba Platero y que era un personaje creado por el poeta Juan Ramón Jiménez. Bueno, pues después de esa historia tan bonita, pero tan triste, leo siempre que puedo y he aprendido tanto, pero sobre todo me he divertido mucho.

JUAN PABLO: ¿Y entonces ya no eres un "burro"?

BURRO: Ya no soy un burro "burro", porque si no leo, me aburro, ¡como tú!

JUAN PABLO: (al público) Creo que me dijo... ¡burro! A ver, si eres tan inteligente, ¿dónde está mi zapato?

BURRO: ¿Tu zapato? Bueno, tu zapato está… ¡No lo sé!

JUAN PABLO: ¡No sabe! ¡Es un burro! ¡No sabe!

BURRO: ¿Tú sabes dónde está?

3

JUAN PABLO: Claro que no.

BURRO: (lo imita) ¡No sabe, no sabe! ¡Es un burro!

JUAN PABLO: Pero tú dijiste que sabías muchas cosas, que leías mucho…

BURRO: (se toca la frente) ¡Claro! ¡Pero qué burro! (se da cuenta) Quiero decir, qué tonto. En el libro está la respuesta…

JUAN PABLO: ¿Qué? ¿De qué hablas? ¿Cuál libro?

BURRO: (saca un libro de un morral que lleva en el hombro) El libro *El zapato de Juan Pablo*. A ver, vamos a leer… mmmmmhh… bbsbbsbbbb… mmmm.

JUAN PABLO: (intenta leer) ¿Qué dice?

BURRO: Tenemos que buscar a Conejo Malapata. Él nos dirá dónde encontrar tu zapato.

JUAN PABLO: ¿Y dónde encontraremos al conejo?

BURRO: Eso sí no lo sé. (al público) ¿Alguien vio un conejo? Es orejón y tiene los dientes muy grandes.

JUAN PABLO: Oye, ¿y por qué se apellida malapata?

BURRO: Es una larga historia. Él fue actor y trabajaba como conejo de un mago. Aparecía de un sombrero de copa, pero un día se quedó dormido y el mago no pudo hacer el truco. El mago se enojó tanto que lo despidió, le dijo tonto y que siempre sería un conejo torpe. Él lo tomó como una maldición y a cada rato mete la pata donde no debe. (se oyen ruidos de latas que caen y entra el conejo; lleva una venda en la cabeza y una pata enyesada) ¡Creo que aquí llega!

CONEJO: ¡Ay, ay, ay, mi patita! Y mi cabeza, ¡ay, me duele mi cabeza!

BURRO: ¿Pero qué te pasó? ¡Te dije que ya no tomes! ¡Ves lo que pasa por manejar borracho!

CONEJO: ¡Yo no tomo! Lo que pasó fue que yo iba caminando y de pronto, del otro lado de la calle, vi una conejita blanca con una manchita negra en la oreja… y que choco con un poste…

JUAN PABLO: ¿Pero siquiera conseguiste su teléfono?

CONEJO: No. Me dio tanta pena que salí corriendo y tropecé con un bote de basura.

BURRO: ¡Tú sí que eres un conejo malapata!

CONEJO: ¡Sí, ese soy yo, para servir a ustedes!

JUAN PABLO: (dudando) Mmmmm… pues no creo que me vayas a ser de mucha utilidad.

CONEJO: (ve que sólo tiene un zapato y ríe) Ji, ji, ji… Otro que perdió un zapato. (al público) ¿Y ustedes traen bien anudadas las agujetas de sus zapatos? Tú, niño, el de la camisa azul, el de la cuarta fila… ¿amarraste bien las agujetas de tus zapatos? (Espera las respuestas) ¿Quieren que les pase lo mismo que a este niño? ¿Acaso no saben que hay un duende malvado que roba los calcetines? (En tono melodramático) ¿Cuántos calcetines viven solos esperando el regreso de su hermano gemelo?, ¡sabiendo que nunca, nunca, regresará! ¡Su destino será el bote de la basura!

5

JUAN PABLO: ¡Oye! ¡Oye! Yo lo que perdí fue mi zapato, no mi calcetín, y nadie me lo robó.

CONEJO: ¡Pues el duende lo encontró y se lo llevó! (Regañándolo) ¿Qué no sabes que el mejor compañero de un calcetín es un zapato?

Nació para cubrir a un pie,
que, para colmo, tenía olor a queso,
las uñas largas y con mugre,
además, sudaba en exceso.
Un triste día perdió a su hermano;
Solo quedo, solo en el mundo,
sin nadie que le tendiera una mano
y con un dolor profundo.
Qué triste es la vida de un calcetín
que vive solo, pues un malandrín
secuestró a su gemelo, lo dejó sin trabajo;
hoy extraña al pie y anda cabizbajo.

CONEJO: El duende roba no sólo calcetines, sino también zapatos. El mundo está en peligro; si la gente no tiene el par, no podrá caminar por las calles ni bailar ni correr (melodramático), y le tendrán que cortar un pie a todos los niños distraídos.

JUAN PABLO: (asustado) ¡No! Mi pobre pie... ¿me lo van a cortar?

BURRO: (lo calma) No te preocupes, lo que pasa es que este conejo antes era actor de telenovelas y todo lo ve como una tragedia.

JUAN PABLO: Tú dijiste que él sabe dónde está mi zapato.

CONEJO: Ya te lo dije: el duende se llevó tu zapato.

JUAN PABLO: ¿Y dónde encuentro al duende?

CONEJO: Vive en una cueva.

BURRO: ¿Y dónde está la cueva?

CONEJO: La única que sabe la ubicación es: ¡la hada zapatilla roja! Pero dudo mucho que ella pueda ayudarlos

JUAN PABLO: Es una emergencia, ¿por qué no va a ayudarnos?

CONEJO: Ella está muy enojada con el duende, pues sospecha que tiene secuestrada a su hermana.

BURRO: ¡Mejor se lo preguntamos a ella! ¿Cómo podemos llamarla?

CONEJO: Sólo existe una manera: ella acude cuando escucha el sonido de los zapatos limpios.

JUAN PABLO: (ríe) Los zapatos limpios pueden brillar, pero... ¿cuál es su sonido?

CONEJO: ¡Cuando boleas tus zapatos y pasas una franela para obtener el brillo, los zapatos rechinan así (hace el ruido y es acompañado por el burro y luego por Juan Pablo): hiiiiii, hiiiiii!

7

(Entre humo y sonido de campanas aparece la hada).

HADA: ¿Quién me busca?

JUAN PABLO: (tratando de ser amable) Eres la zapatilla más hermosa que he visto.

BURRO: ¡La más elegante!

CONEJO: (duda) Y… ¡la más roja!

HADA: (sospecha) ¿Quién me llamó?

JUAN PABLO: (apenado) Yo… necesito pedirte un gran favor. Ayúdame a encontrar mi zapato… lo tiene el duende ladrón de calcetines. (ruega) ¡Ándale, sí! ¡Di que sí! ¿Sí?

CONEJO: (sigue el ruego) ¡Ándele mi-hadita! ¿Ándele mi-hadita! ¡Dígale que sí!

HADA: (molesta) ¡Nada de diminutivos! ¡No se dan cuenta de que soy una hada adulta!

JUAN PABLO: Entonces sí, mi hadota… sí, mi hadota.

HADA: ¡Pero no tanto!

BURRO: (insiste) ¡Ándele mi-hada! ¡Ándele mi-hada!

HADA: ¡No soy su hada! ¡No soy hada de nadie! ¡Es más, ya presenté mi solicitud en el sindicato de brujas! Pero no hay vacantes (llora). ¡Ya no quiero ser hada!, ¡ni nada!

JUAN PABLO: Señora hada, ¿qué le pasa? ¿Por qué está triste? ¿Qué tiene?

HADA: (canta la bal-hada):

No sé qué me pasa. Si llueve,
estoy triste; también si cae la nieve,
si estoy en el bosque... No sé qué me pasa.
Estoy triste y quiero regresar a casa.
La gente pregunta: ¿a usted qué le pasa?
¡Usted es la hada! ¿Pero cuándo se casa?
¡No soy hada ni estoy casada!
Sólo soy una zapatilla roja, ¡y estoy cansada!
Una triste zapatilla y estoy sola,
sin un perro que mueva la cola.
Si cada calcetín tiene un compañero,
si el pie derecho tiene al izquierdo,
¿dónde está quien me hará compañía?
¿Quién me regalará una flor cada mañana?
¿Quién me invitará a bailar? ¿Quién lo haría?
¿Debo esperarlo? ¿Llegará algún día?

JUAN PABLO: Ya entiendo. Usted está como mi zapato... solita.

HADA: Sí, y por eso no puedo ayudarte.

9

JUAN PABLO: Lo único que quiero son las palabras mágicas para llamar al duende ladrón de calcetines, o dígame dónde está la cueva apestosa donde guarda los zapatos y los calcetines que se robó.

HADA: (sorprendida) ¿Qué? ¡Nunca lo oyes! ¡Nunca!

CONEJO: Pero ¿por qué?

HADA: No quiero saber nada de él, no quiero volver a verlo.

BURRO: Usted no, pero nosotros sí; Juan Pablo necesita su zapato.

HADA: ¡No quiero volver a ver a ese… rompecorazones!

Es un duende sucio y viejo.
No se baña y huele a queso añejo
con su costal de calcetines viejos.
Que se vaya lejos, muy lejos.

HADA: (sorprendida) ¡No! ¡Creo que lo acabo de llamar!

DUENDE: (pregonando)

Calcetines viejos que remendar,
zapatos viejos que vendan,
hadas rezongonas para arreglar.

10

HADA: (disgustada) ¿Lo oyeron? Es un… ¡patón!

DUENDE: ¿Patón yo?

HADA: Quiero decir… ¡un patán!

DUENDE: (enojado) ¡Un patán! ¿Patán? No me quedo ni un minuto más, ¡me largo!

HADA: ¡Yo también! (hacen falso mutis los dos por lados opuestos del escenario).

JUAN PABLO: (desesperado corre a detenerlos) ¡No se vayan! ¡Arreglen sus diferencias!

DUENDE LADRÓN DE CALCETINES:

Soy un viejo duende y ladrón.
Voy por las calles tomando lo que me gusta.
Sólo soy un vagabundo que canta una canción;
los perros me ladran y mi barba a los niños asusta.

Robo calcetines porque tengo fríos los pies.
Me gustan los zapatos, pero no las zapatillas.
En mi costal hay más de diez sin par:
calcetines, huaraches, todos solos, ¡como yo!

¿Saben lo que me gritan? ¡Panzón! ¡Ladrón! ¡Barbón!
Eso es lo que escucho, siempre la misma canción.
Los perros me ladran y la zapatilla quiere que
largue,así es que, como dijo mi compadre,
¡nos vemos, que aquí espantan!

11

(Va a salir, pero lo detiene Juan Pablo).

JUAN PABLO: ¡Un momento! ¡Señora hada zapatilla, señor ladrón de calcetines, vengan para acá!

CONEJO: ¡Órale, ya se enojó!

JUAN PABLO: ¡Sí, ya me enojé! Porque aquí hay muchas cosas que no están bien. Si usted, señor ladrón de calcetines, quiere seguir siendo un vagabundo solitario, si quiere seguir espantando niños miedosos por las calles, ¡está bien! Pero yo no le tengo miedo, ¡sólo quiero que me regrese mi zapato!

DUENDE LADRON DE CALCETINES: ¡Yo lo encontré en la calle! ¡Es mío! ¿Por qué tengo que regresártelo?

JUAN PABLO: Porque… porque… ¡Yo sé de qué pie cojea!

DUENDE: Yo no cojeo de ningún pie…, pero tú sí (ríe).

JUAN PABLO: Usted roba calcetines y zapatos porque está solo, porque le falta amor, por eso quiere que los pares se queden solos…

DUENDE: (enojado) Yo no estoy solo, me acompaña el conejo, es mi cuate (el conejo lo niega). También me acompaña el burro (éste lo niega). Me acompaña… mi costal… y con eso me basta.

BURRO: Creo que Juan Pablo tiene razón. Todos sabemos que usted está enamorado de la hada zapatilla roja

CONEJO: (al burro) Pero ella no quiere verlo… ¡Yo no entiendo nada!

HADA: ¡Es cierto! ¡No quiero verlo, pero sí quiero verlo!

TODOS: ¿Qué dijo?

12

HADA: Quiero decir que estoy enojada con él, pero lo extraño.

DUENDE: ¿Me extraña?

HADA: (duda) ¡No! Pero ¡sí!

JUAN PABLO: Ven lo que digo, ellos dos podrían estar juntos, pero prefieren pelear y mientras nos dañan a los demás. ¿Cuántos andan por el mundo sin atreverse a confesar su amor o su amistad?

DUENDE: ¡Sí! ¡Sí estoy enamorado de la hada zapatilla roja!

HADA: Pero ¿por qué no me lo dijiste antes?

DUENDE: Tenía miedo de que me rechazaras, luego te enojaste y…

HADA: Me enojé… porque… nunca me regalaste una flor o me invitaste a bailar

DUENDE: Es que yo no sé bailar.

CONEJO: Puedes aprender.

DUENDE: Yo no sabía que tú…

HADA: Y yo no sabía que tú… Por eso me lo tienes decir, porque si no, ¿cómo me entero?

DUENDE: Bueno, ¿qué tal si nos vamos a un lugar más tranquilo para…?

JUAN PABLO: (los detiene) ¡No olvida usted algo!

DUENDE: (apenado) ¡Tu zapato! Bueno, ahora sí nos vamos (se lo entrega, luego toma al hada del brazo y sale).

13

JUAN PABLO: Mi zapatito, ¡te extrañé tanto! (mientras se lo pone, habla con el público) ¡Conejo malapata, ahora te toca a ti!

CONEJO: ¿Yo? ¿Y ahora qué hice? ¡Qué mala suerte!

JUAN PABLO: ¡Calma! ¡No hiciste nada!

CONEJO: ¿Entonces porque tienes cara de que me vas a regañar?

JUAN PABLO: ¿Yo, regañarte? Ni que fuera tu papá. Lo que quiero decirte es que no me gusta que vayas por el mundo tropezando con todo lo que se atraviesa enfrente de ti.

CONEJO: ¡No es por gusto! ¡Es que tengo mala suerte! Fíjate que un mago me hecho una maldición y desde entonces…

JUAN PABLO: A eso me refiero. No hagas caso a las maldiciones.

CONEJO: Yo creo que el mago pone árboles y cosas por donde yo voy para que me lastime.

JUAN PABLO: ¡No, no! Lo que pasa es que eres distraído, no te fijas por donde caminas y, además, tienes miedo.

CONEJO: Todos tenemos miedo. ¿A poco no te dio miedo el duende ladrón de calcetines?

JUAN PABLO: Un poco, pero los demás siempre van a abusar de los miedosos.

CONEJO: ¿Pero qué hago?

BURRO: Fíjate por dónde caminas, ¡cuídate a ti mismo!

14

CONEJO: Sí, ¿verdad? ¡Ustedes sí que son unos verdaderos amigos!

JUAN PLABLO: A los niños nos pasan este tipo de cosas mágicas, incluso cuando perdemos un zapato. El mundo lo miramos de otra manera, los árboles son distintos y a veces hablamos con burros que todo lo saben o con conejos escapados de la chistera de un mago. Hoy, gracias a esto, tengo dos nuevos amigos, y sé que no estoy solo y que

cada oveja con su pareja,
si no, se descuida y la deja.
Que cada cual cuide sus zapatos,
si quiere pasar momentos gratos.

(CONEJO)

No hay nada como un buen amigo,
en él siempre encontrarás abrigo.
Recuerda: solo nunca estarás.
Abre los ojos y una sonrisa has de mostrar.

(BURRO)

Pero si acaso no hay nadie a la vista,
lleva siempre un libro en el pantalón;
al leerlo encontrarás la pista
de mundos lejanos y amigos a montón.

(TODOS)

El que busca, algo tiene que encontrar.
El que habla, por alguien será escuchado.
Si tienes roto el calcetín, lo has de remendar.
Y yo me marcho, pues mi zapato he encontrado.

(Salen).

FIN

EL QUIROMÁNTICO

DE PEDRO AGUAYO CHUK

(PARA MI QUERIDO HERMANO FILIBERTO, QUIEN ME COMPARTIÓ ESTA HISTORIA).

PERSONAJES

ERNESTO RICALDE

RICALDE: 9 años, niño serio y reservado.

ERNESTO: 14 años, pícaro y atrevido.

NETO: 18 años y misterioso.

DON NETO: lleva un turbante. Tiene más de 30 años.

SUSANA: 9 años. Primer amor de don Neto. Es una niña hermosa.

EL GÜERO: ayudante de don Neto. Tiene facilidad de palabra. Edad indefinida.

YOYA: usa uniforme de secundaria. Adolescente.

VICTORIA: adolescente de 14 años, hermosa y tiene lindas piernas.

CRISTINA: 23 años. Señora que va al mercado.

NATASHA: bailarina de table dance muy bella y extranjera.

DOÑA REFUGIO: 40 años, buen cuerpo, sexy, muy arreglada.

EL DIPUTADO ZORRILLA: 45 años, prepotente y de voz engolada.

GUARURA: alto, gordo y anteojos oscuros.

El quiromántico

de Pedro Aguayo Chuk

PRIMERA ESCENA

(el patio de una escuela primaria, a la hora del recreo).

GÜERO

(Será narrador; lee la nota roja de un diario).

Aquí fue donde comenzó su carrera, don Neto, todo un acosador en fuga. ¿Quién se iba imaginar que aquel chamaquito serio y reservado llegaría a estar en los periódicos? Digo, aunque sea en la nota roja. (orgulloso) ¡Y yo lo conocí! Y cómo no, si yo fui su mero ayudante. Desde chiquillo fue bueno para eso de la adivinada. Les voy a contar "la historia del quiromántico". Bueno, le decían así porque leía el futuro en las palmas de las manos, (ríe) y otras cosas, pero eso sí, sólo a las mujeres. No sé cómo no lo atraparon antes. Abusaba de ellas porque ellas siempre quieren saber el futuro, leen el horóscopo y todas esas cosas; a los hombres pues no nos llama la atención eso, nos vale madres el destino; ¿será porque sabemos que tarde o temprano nos va a cargar la chingada? Bueno, pero hay que comenzar por el principio: a Ricalde, ya saben, en la escuela somos primero un apellido, pero su nombre completo era Ernesto Ricalde, yo lo conocí aquí en el patio de la escuela primaria. Era chaparro, muy delgado y siempre callado. En el recreo, mientras nos comíamos la torta, se la pasaba mirando a la Susana, una chamaquita risueña (a Ricalde).

GÜERO

Ándale, si te gusta, pues llégale. Ella te anda aventando la pantaleta…

RICALDE

(le pega) No te manches, ¿cómo crees? ¿Qué tal si no quiere? Nomás se va a burlar.

GÜERO

Tu éntrale. Total, ¿qué puedes perder?

RICALDE

Pos sí, ¿verdad? Pero tú chitón. No me vayas a cotorrear. (va con Susana, nervioso) ¿Qué tal? Yo venía a… porque luego que… y entonces pensé…

SUSANA

(no entiende) ¿Qué dices?

RICALDE

Que… si… ¿Quieres que te lea las líneas de la mano?

SUSANA

(duda) No. Tú me estás vacilando.

RICALDE

Para que sepas tu futuro.

SUSANA

¿A poco sabes?

RICALDE

¡Clarines! (le toma la mano) Mira, esta es la
línea de la vida, en tu mano es larga, o sea que
vas a vivir muchos años. Y esta es la de la suerte…

SUSANA

Híjole, esa sí está pequeñita, ha de
ser porque nunca me he sacado nada.

RICALDE

¡No! Dice mi mamá que es porque la suerte uno mismo
se la inventa. Tú tienes que soñar cuál será tu destino.

SUSANA

(pensativa) Yo lo que quiero es… ser rica, muy rica.

RICALDE

(ríe) ¡Rica ya estás!

SUSANA

¿A poco?

RICALDE

¡Pues yo te veo bien sabrosa!

SUSANA

(coqueta) Ora; ni que fuera comida.

RICALDE

(sin soltarle la mano) ¿No te gustaría andar conmigo?

SUSANA

(finge no entender) ¿Andar? ¿A dónde vamos a ir?

RICALDE

¡No te hagas! ¿Quieres ser mi novia?

SUSANA

Déjame pensarlo (le da un beso
en la mejilla y sale corriendo).

GÜERO

(al público) No, pues el resto de la clase. La Susy se quedó mirándolo con ojos de borrega, ¡lista para la barbacoa! ¡Cayó redondita! Fue cuando me dijo:

3

RICALDE

¿Sabes una cosa, Güero? Ya sé lo que quiero ser de grande: ¡quiromántico!

GÜERO

Luego, ya en la secundaria, no se conformó. con tomarlas de la manita. Fue entonces cuando inventó lo de la lectura de la oreja: ¡la orejamancia! Que porque tenía la forma del cuerpo humano y no sé qué tantas mamadas…

ERNESTO

(revisa con detenimiento la oreja de Yoya) Mira, Yoya, la lectura del destino en las manos ya pasó de moda.

YOYA

(duda) Es que no me gusta que me toquen ahí…

ERNESTO

(finge enojo) Bueno, ¿quieres saber tu futuro o no?

YOYA

Sí quiero, pero…

ERNESTO

Entonces déjate, en tu orejita se ve todo…

YOYA

(incrédula) ¿Y tú cómo sabes?

ERNESTO

Oh, pues me está enseñando una bruja de
Catemaco. (impaciente) Entonces, ¿quieres o no?

YOYA

(convencida) Ándale pues, pero
quiero que me digas si voy a ser bonita.

ERNESTO

Eso es fácil. Tú ya eres bonita. ¿Qué más quieres saber?

YOYA

¿Si voy a tener novio? ¿Cómo va a ser conmigo?

ERNESTO

A ver, déjame mirar bien. Sí, aquí esta. Esta es la montaña
del amor y dice que tienes que ponerte abusada, pues el

amor está cerca y será dulce y bueno
(Yoya ríe, él le besa en el cuello y salen).

GÜERO

¡No, si pendejo no era! Descubrió que ahí estaba una zona erógena y, cuando se distraían, nomás les soplaba tantito y ya estaban aflojando el cuerpo. Fue entonces cuando comencé como su ayudante, él me señalaba quién le gustaba y yo las convencía, diciéndoles que Ernesto adivinaba el futuro gratis. Luego luego se corrió la voz, porque no hay como las mujeres para llevar nuestra fama por el mundo, y algunas ya llegaban solitas. Fue entonces cuando se volvió mañoso, porque un día me dijo... (entra Ernesto).

4

ERNESTO

(en el otro lado del escenario, Yoya y Susana se dicen algo en secreto) ¿Ya viste, Güero? ¡Qué lindos chamorros se carga la victoria! Se me figura que ahora me voy a dedicar a leer rodillas (sonríe).

GÜERO

¡O sea, la chamorromancia! ¡Ya ni chingas!

ERNESTO

¡Cállate, que ahí viene!

VICTORIA

¿Tú eres el adivino?

ERNESTO

¡Ese mero!

VICTORIA

¿Quién te viera? Con esa carita de mosca muerta…
(coqueta) ¿Y qué?, ¿a mí no me puedes
decir lo que se me espera?

ERNESTO

¡Claro! Vamos a sentarnos en la banca. Mira, como
tú me caes bien voy a hacerte un trabajo especial,
algo muy especial… ¡la rodillomancia!

VICTORIA

¡Ah, caray! ¿Y eso cómo es?

ERNESTO

Es el descubrimiento del porvenir en las líneas
de la rodilla (le pone la mano en la rodilla).
Yodo indica que tu futuro es cálido y suave…

VICTORIA

No entiendo.

ERNESTO

Permíteme y te explico. Mmm... muy interesante.
Las estrellas te deparan momentos de felicidad,
pero tú tendrás que aceptar sus dones.

(La Yoya, que ha visto todo, sale molesta).

GÜERO

¡Diles lo que quieren escuchar!, decía mi padre, y el Neto
siempre tenía la palabra adecuada. ¡Y dicho y hecho, se
la pasó recorriendo las mejores piernas! Pero las mujeres
traen junta, la dicha y la desdicha para nosotros los hombres. Ni modo. ¿Qué le vamos a hacer? La Yoya se puso
celosa y dejo un anónimo en la dirección, el cual decía que
el Neto le estaba arrimando el camarón a la Victoria, que,
además, era la hija de la maestra de civismo. Y nos expul-
saron de la escuela a los dos.

(Se acerca Neto).

NETO

Cuando le dije mi mamá, se enojó y me dijo que me bus-
cara una chamba, pues no iba a estar manteniendo a un
maniático sexual… a un acosador que, tarde o temprano,
acabaría en la cárcel.

5

GÜERO

A mí me fue peor: me corrieron de la casa. ¿Y ahora qué
vamos a hacer?

NETO

No te preocupes, ya sé de qué vamos a vivir.

(salen).

SEGUNDA ESCENA

GÜERO

(parque público) Empezamos a trabajar, digamos que pro-
fesionalmente, en el Jardín Hidalgo de Coyoacán, primero
los domingos y después todos los días. Neto se sentaba en
una banca y yo repartía unos volantes que decían:

¡Conozca su destino!
¿Qué espera del amor?
Todo sobre la fortuna
el pasado, el presente
y el futuro está en
las líneas de tus axilas.
El profesor Neto también lee
las formas del ombligo.

¡Quesque profesor! ¡Si nos quedamos en segundo de secundaria! Pero bien lo dijo un gringo que se hizo millonario engañando bobos: "Cada día nace un pendejo". Nosotros, que nacimos en Chimalhuacán, fuimos a engañar viejas muy intelectuales y bien vestiditas a Coyoacán, ¡no, si ya lo tenía todo bien planeado! Y le funcionó bien; nos hicimos de clientela inmediatamente

(entra Cristina).

CRISTINA

(a don Neto) ¿Usted adivina cosas?

DON NETO

Sí, a eso nos dedicamos. ¿En qué le puedo servir, señorita?

6

CRISTINA

Señora. Me casé hace dos años, pero…

DON NETO

No se preocupe. A ver, muéstreme su ombliguito, porque yo soy un ombligomántico. Mire usted, qué bonito, se ve que a usted sí la fajaron de chiquita (con doble intención, le acaricia el ombligo). Vamos a ver qué podemos hacer por usted de grande.

CRISTINA

(se separa) Discúlpeme, soy un poco…
Bueno, es que nadie me había tocado así.

DON NETO

Pero si lleva usted dos años de casada.

CRISTINA (triste) Si le contara… Por eso estoy aquí.

DON NETO

¿Me permite? (ella se acerca tímida) Aquí en las profundidades de su ombligo está la respuesta. Vamos a ver…
Mmmmm… Sí hay una nube, (aparte) ¿o es que no se lavó
bien el ombligo? ¡No! Definitivamente, su marido se ha
mostrado apático e indiferente.

CRISTINA

(asiente) ¡Sí! No es como al principio, él era… pues, ¿cómo
le diré? Es que me da pena. Bueno, me hacía el amor dos
veces diarias y ahora… pasan semanas y nada.

DON NETO

¡Qué barbaridad! (aparte) Ya hasta le están
saliendo telarañas. ¡No! Esto sí es mugre.

CRISTINA

¿Perdón?

DON NETO

Mugre… mugre vida, y usted con tantas ilusiones.

CRISTINA

Tantas que no se imagina, profesor.
¿Me estará engañando?, ¿o me estoy poniendo fea?

DON NETO

¡No, de ninguna manera! Y eso se lo aseguro sin revisar
la mercancía completa. Déjeme ver… Creo que usted
requiere de una lectura más profunda de sus chacras.

CRISTINA

¿De mis qué?

DON NETO

(nervioso) De sus… puntos profundos
de adivinación. ¿Me acompaña?

CRISTINA

Vamos (salen).

GÜERO

Entre tanta revisada de ombligos perdimos la inocencia, ¡y es que la calle es una escuela muy canija! Ahí, como quien dice, nos echamos a perder. Fíjense que un día nos fuimos a un bar de viejas encueradas, un table dance. (a Neto) Oye, Neto, este lugar está muy lujoso, a lo mejor ni nos dejan entrar. ¿Ya viste los precios? Con lo que traemos no nos alcanza ni para una cerveza.

DON NETO

No te digo… ¿Por qué eres tan negativo,
Güero? Tú espérate tantito.

GÜERO

¿A dónde vas, Neto? (sale Neto y queda el Güero solo en el escenario; se dirige al público) ¡Así era el Neto! ¿Van a creer que tenía una clienta y la fue buscar a los camerinos y al rato ya estábamos adentro? Ahí inició una nueva etapa en las artes adivinatorias: la senomancia (ríe)
¡Lo que es no tener madre!

DON NETO

(revisa el seno de Natasha) ¡Todo el destino ya
ha sido grabado en nuestro cuerpo por
las estrellas que rigen nuestras vidas!

NATASHA

(duda) Pero, profesor, yo nunca escuché hablar de
esto, y mire que mi profesión me ha permitido
trabajar en las grandes capitales del mundo.

DON NETO

Mire, "Natachita", usted estará muy viajada, pero este es
un descubrimiento que realicé estudiando antiguos códices
aztecas. Ellos estaban muy adelantados, nada más que
llegaron los pinches españoles y le dieron en la madre a
todos esos conocimientos. Figúrese que yo conocí a una
bailarina que descendía directamente de del emperador
Moctezuma, y pues ella me enseñó cómo leer los pezones.

NATASHA

¿Y yo qué tengo que hacer?

DON NETO

Usted nada más muéstreme sus "melones". (ella se
quita el sostén y él se sorprende) ¡Bendito sea el señor!
Pues tiene usted un gran porvenir.

NATASHA

¿De verdad? Sea más específico.

DON NETO

Mmm… Bueno, vamos a tener que despertar a este pezón.

NATASHA

¡Por favor, trátelo con mucho cuidado!
Recuerde que es mi herramienta de trabajo.

8

DON NETO

Oiga y… ¿todo esto es natural?

NATASHA

¡Por supuesto! La duda ofende.

DON NETO

Usted perdone, es importante para mi trabajo. (le guiña un
ojo al Güero) Por favor, vamos a aplicar un suave masaje
para que aparezcan los círculos concéntricos en los que
está grabado el destino. Adelante.

GÜERO

(visiblemente turbado) Sí, profesor, con mucho gusto.
(con maña) ¿Podría aplicar la lengua, profesor?
¿Ya vio que nos dio tan buenos resultados?

DON NETO

(contiene la risa) Sí, proceda con confianza.

GÜERO

(extasiado) Ya viene, profesor, ¡ya viene!

NATASHA

(inquieta) ¿Qué ve, profesor? ¡Dígamelo pronto!

DON NETO

Lo veo todo… tan bien… Sí… sí, aquí… ¡estás tú! Esto es como una bola mágica… Tú caminas radiante, estás feliz; a tu lado camina un hombre rico y muy guapo… y en tus brazos una hermosa niña… También veo una casa enorme muy cerca del mar…

NATASHA

Gracias, don Neto. ¡Eso es lo que siempre he soñado!

DON NETO

Pues lo tendrás, Natasha. Seguramente lograrás esto y mucho más. La que sigue. Por favor, apresúrense, que tengo una consulta en las lomas.

GÜERO

A la encueratriz se le cayeron los chones, y no en la pista; hasta se puso a llorar. Esa noche le agarramos las teclas de todas las viejas del antro y chupamos gratis.

GÜERO

Don Neto ya traía en la mente poner su consultorio, y es que en el parque todo el día teníamos a los policías y a los inspectores de banqueta jodiendo por su mordida. Así fue como se abrió este lugar. Nos anunciábamos en revistas y periódicos y recibíamos todo tipo de clientela: artistas, empresarias, amas de casa y señoras de la alta sociedad, como doña Cuca, que llegó muy encopetada un lunes.

DOÑA REFUGIO

Buenas tardes, ¿este es el consultorio del profesor Neto?

GÜERO

Sí. ¿Viene a consulta?

DOÑA REFUGIO

Sí. Soy la señora Refugio de Fernández y Zorrilla; pedí mi consulta por teléfono.

GÜERO

(revisa en su libreta) Sí, usted es la siguiente. Pase, por favor.

DON NETO

(amable) Bienvenida. Siéntese. Dígame, ¿qué le aflige?

DOÑA REFUGIO

¿Puedo ser franca con usted?

DON NETO

Desde luego; todo es confidencial, nadie lo sabrá.

DOÑA REFUGIO

Mire, mi marido es un diputado muy importante, pero creo que puede llegar a ser un secretario de Estado, aunque el sexenio avanza y nada. ¿Usted podría decirme algo?

DON NETO

El caso es difícil…, pero podríamos hacer algo. Mire, yo tengo una nueva técnica para adivinar estas cosas relacionadas con la política, pero es muy especial. Usted sabe que las cosas que tienen que ver con el poder… pues son muy… ¿Cómo le diré? Sucias, y sólo se pueden ver con claridad en… los pliegues del… recto.

DOÑA REFUGIO

(sorprendida) ¿Quiere usted decir en el… trasero?

DON NETO

Si así le quiere llamar. Por alguna razón, todo lo que tiene que ver con el poder se encuentra en esas regiones profundas, oscuras e insospechadas, porque no cualquiera debe saber la verdad. Además, un político mexicano muy famoso afirmaba que: "El que se dedique a la política deberá acostumbrarse al olor a caca".

10

DOÑA REFUGIO

¿Y usted ya se acostumbró?

DON NETO

Yo sólo soy un triste adivinador, una herramienta del destino. ¿Y entonces qué decidió?

DOÑA REFUGIO

¿Qué le vamos a hacer? Sólo le ruego que tenga mucho cuidado, profesor.

DON NETO

No tiene que pedirlo. Pase usted al biombo y quítese la ropa interior.

GÜERO

Don Neto le agarró cariño a la vieja. Yo creo que le vio dos cualidades: la cartera bien repleta de billetes y el trasero que se cargaba. Fue entonces cuando empezó a leer el destino en los pliegues del recto. A mí, francamente, eso no me pareció y se lo dije. (a Neto) Neto, ya ni la friegas. ¡No hay cola que no huela a mierda!

DON NETO

(entra visiblemente excitado) ¡Tú qué sabes!
¡Hay de traseros a traseros! ¡Dame unos condones,
están en el cajón! (sale apresurado).

GÜERO

¡Eso sí, siempre se protegía! Y a doña Refugio le encantaba; iba a consulta hasta tres veces por semana; nomás
se escuchaban sus aullidos en todo el edificio, pero el
diputado yo creo que sospechó algo y una tarde llegó y
no venía solo.

DIPUTADO ZORRILLA

(altivo) ¿Este es el consultorio de don Neto?

GÜERO

(con desconfianza) ¿A quién busca?

DIPUTADO ZORRILLA

Yo hago las preguntas. ¿Es o no es?

GÜERO

No sé.

DIPUTADO ZORRILLA

(al guarura) ¡Sánchez, refréscale la memoria!

GUARURA

¡Sí, señor! (saca una pistola y se la pone en la cara)
¡Abres la boca o te hago otro agujero en el cachete!

DIPUTADO ZORRILLA

¡Sin escándalos! Recuerda que las cosas están canijas en la
cámara (se oye un quejido en el biombo). Interrógalo.
Voy a ver qué encuentro (entra).

11

GUARURA

¡Así que tu patrón es adivino!

GÜERO

¡A eso se dedica!

GUARURA

Pues adivina qué: ¡ya se los cargó la chingada!

DIPUTADO ZORRILLA

(furioso) ¡Tráelo para acá! (tiene en las manos
una pantaleta) ¡Refugio, sal de allí inmediatamente!

GUARURA

¡Uta! ¡Esto ya valió madres!

DOÑA REFUGIO

(nerviosa, titubea) ¡Mi vida, esto no es lo que parece!

DIPUTADO ZORRILLA

(le muestra la prenda) ¿Y esto?
¡Méndiga! ¿Sí es lo que parece?

DOÑA REFUGIO

(llora) ¡Te lo juro, todo lo hice por ti!

DIPUTADO ZORRILLA

¡Hasta ponerme los cuernos! Mira, llévate la prueba de tu
pecado y vete a la camioneta, allá está el otro escolta.

DOÑA REFUGIO

Pero ¿qué le vas a hacer al profesor?

DIPUTADO ZORRILLA

Te aseguro que no quieres saber. ¡Lárgate!
(sale doña Refugio y él se torna amenazante)
¿Así que eres experto en el futuro?

DON NETO

Mire, todo tiene arreglo…

DIPUTADO ZORRILLA

Menos la muerte, y tú ya estás más para
allá que para acá. ¿Eres o no eres?

DON NETO

(sin ganas) Algo se…

DIPUTADO ZORRILLA

¡Híncate! (don neto lo hace) ¡Ahora me
vas a leer los pliegues del prepucio!
(el diputado se baja el cierre de la bragueta).

GUARURA

(ríe) ¡Ora sí, patrón! O lo ahoga o lo deja tuerto.

12

DIPUTADO ZORRILLA

¡Ándale, pinche adivino! ¿No que muy fregón? ¿Qué ves?

DON NETO

Veo… ¡esto! (lo muerde).

DIPUTADO ZORRILLA

(grita de dolor) ¡Ay! ¡Ay!

GUARURA

¿Qué le pasa, señor? (salen corriendo Don Neto y el Güero).

DIPUTADO RICALDE

(entre gritos) ¡Me lo mordió! ¡Me lo mordió! ¡Mátalo!

GUARURA

¡Maldito! ¡Ya le hiciste la operación jarocha al patrón! ¡Y sin anestesia!

DIPUTADO ZORRILLA

¡Ya se pelaron, ya déjalos! ¡Llévame a un hospital! ¿Y ahora cómo voy a explicar esto?

(Salen y entra el Güero).

GÜERO

Con todo este desmadre, don Neto se fue para la frontera y ahora les adivina el futuro a las gringas y les encanta. Miren, me mandó una postal desde Michigan; quiere que me vaya con él, pero pues yo no puedo: me casé y tengo hijos. Por cierto, me voy a chambear otro rato. Ahí nos vemos.

(Sale).

(Oscuro).

FIN

Milagritos

de Pedro Aguayo Chuk

(COMEDIA COSTUMBRISTA)

PERSONAJES

CATITA: beata, soltera, de 40 años y carácter agrio.

DON AGUS: 50 años, viudo y dueño de la tienda del pueblo.

VIOLETA: 19 años, alegre y bailarina de table dance.

ALEX: 20 años, modista y gay.

ADELA: 25 años, casada, sin hijos y sobrina de don Agus.

OCTAVIO: esposo de Adela, 28 años y campesino.

PADRE BETO: 62 años, calvo y sacerdote de la parroquia de Santiago apóstol.

DOCTOR ADRIAN SÁNCHEZ LARA: 25 años, atlético y atractivo.

ESTRELLA FUENTES: 20 años, muy bella y locutora de televisión.

PRIMERA ESCENA

(Domingo por la mañana. En el atrio de la parroquia de Santiago apóstol, Catita besa la mano del padre Beto).

CATITA: ¡Qué hermoso sermón, padre!

PADRE BETO: Recuerda cambiar las ceras del altar, que ya están en las últimas, y las flores están muy marchitas. Yo, con esta reuma, ya no puedo hacer nada; ya pedí mi retiro, pero todavía no mandan al sacerdote que me reemplazará.

CATITA: Pídale a Dios el alivio para que nos dure muchos años más. Mientras, voy al mercado y le cambio las ceras. Además, doña María, la que tiene un puesto en el mercado, me prometió un buen ramo de flores.

PADRE BETO: ¡Gracias, hija! ¡Ve con Dios!

(Sale Catita. Catita se dirige a un grupo formado por don Agus, Violeta, Alex, Adela y Octavio, que platican animadamente).

VIOLETA: ¡Sería como un sueño! Don Agus, me gustaría casarme de blanco en esta iglesia tan bonita.

ALEX: Si te animas, yo te hago un vestido. Uno de mis diseños más exclusivos tiene una cola enorme y un escote que te va a encantar.

VIOLETA: Sería como un sueño… (volviendo a la realidad), pero primero hace falta con quien me casaría.

CATITA: (la interrumpe y la ignora) ¡Buenas, Octavio! ¿Qué tal, Adela? (con intención) ¿Ya mero encarga bebé? Buenos días, don Agus. ¿Cómo va el negocio?

DON BETO: ¡Muy bien, a Dios gracias! Precisamente, le decía a Violeta que me llegaron unas telas de México muy propias para vestidos o una falda; hay una azul cielo con unas flores amarillas pequeñas.

VIOLETA: (interrumpiendo) Ah, qué don Agus, usted ni cuando viene a misa deja de vender. (interesada) Oiga, ¿ya le llegó mi encargo? Es que necesito mandar a hacer el vestuario para mi show; aquí Alex ya me tiene un modelito.

CATITA: (con disgusto) ¿Ahora a encuerarse le llaman "chou"?

ADELA: (cambia el tema, calmando la situación) ¡Qué lindo el Santiago apóstol que hizo el escultor de México con todo y su caballo de tamaño natural! ¡Quedó muy bien a un lado del altar!

CATITA: Mmm… ¡Pues no tanto! (misteriosa) ¡A mí hay algo que no me gusta!

OCTAVIO: Pero si el santo está muy bien proporcionado.

VIOLETA: (hace una seña con las manos) ¡También el caballo! ¡Se ve que es un garañón, que lo usaban para semental (ríe abiertamente y también los demás, menos, Catita)!

CATITA: ¡Qué vulgar es usted! (a los demás) Pero eso es precisamente lo que me molesta: el caballo tiene las patas delanteras levantadas y el púlpito queda exactamente abajo de las… ¡porquerías del caballo! Y cuando el padre da su sermón, pues le quedan de sombrero.

ALEX: ¡Ay! Ya quisiera yo un gorrito de esos para dormir.

VIOLETA: A lo mejor el masaje le sirve para que le crezca el cabello, ya está muy calvo…

CATITA: ¡Descarada! ¡Qué falta de respeto! Pero ¿qué se puede esperar de ustedes? (A los otros) ¡Tenemos que hacer algo! El padre Beto no puede ser el hazmerreír de todos; hoy en plena consagración vi cómo los mocosos de don Zeferino se burlaban y señalaban el tamaño tan exagerado de… la cosa esa.

OCTAVIO: ¿Pero qué podemos hacer?

ADELA: (como sin pensarlo) ¡Ni modo de cortárselo!

VIOLETA: ¡Ay no, pobrecito!

CATITA: (pensando) ¡Eso! ¡Claro! No es mala idea.

DON AGUS: ¿Ya le preguntó al padre Beto? ¿No será delito?

VIOLETA: No, para ella va a ser… ¡deleite!

CATITA: ¡Ya es mucho tu descaro! ¡Cabaretera! ¡No sé cómo dejan entrar a la iglesia a una cualquiera! Olvidé decirle algo al padre Beto (sale).

DON AGUS: Yo también me voy, dejé a mi mocito abriendo la tienda, pero es muy atolondrado.

VIOLETA: (tomando del brazo a don Agus) ¿Cuándo nos visita, Don Agus? Ya pasó el año de luto. El nuevo espectáculo quedó muy bonito.

DON AGUS: (triste) ¿A qué voy, hija, si ya no puedo desde que murió mi esposa? ¡Nada de nada! (hace una seña con la mano) Me voy, que tengo prisa.

VIOLETA: (bostezando) Yo también. Tengo mucho sueño; la noche del sábado fue muy agitada (sale con Alex, comentando en secreto).

ALEX: ¡Ay, Violeta! Es que tú eres muy reventada.

OCTAVIO: (le mira el escote) ¡Sí, me imagino! ¡Pobrecita!

ADELA: (pellizcándolo) ¡Qué le vez a esa vieja guanga! ¡Mejor preocúpate por atender lo que tienes en casa! ¡La gente empieza a murmurar!

OCTAVIO: Pero si ya te dijo el doctor Sánchez Lara que la del problema eres tú, que tenemos que ir al hospital en la capital a que te hagan unos estudios.

ADELA: (interrumpiendo) ¡A mí no me gusta que me revisen allí! ¡Ya te lo dije! Ni que fuera como la Violeta, a esa sí le gusta enseñar. Pero eso tú ya lo sabes. Acuérdate que el quince de septiembre te fuiste a embriagar a ese antro de perdición; llegaste a las cinco de la mañana. Sabrá Dios si no te pegaron una enfermedad esas güilas y por eso no puedo encargar chamaco.

OCTAVIO: Pero Adela, por eso ya hasta nos peleamos, (pícaro) y ya nos reconciliamos (salen).

(Oscuro).

SEGUNDA ESCENA

(A media tarde del domingo. La acción ocurre en la trastienda de don Agus, entre bultos y cajas. Entra Catita y lleva un pequeño bulto escondido en el reboso; está agitada).

CATITA: ¿Por qué cerró tan temprano, don Agus?

DON AGUS: Es la hora de mis sagrados alimentos. Además, las ventas están flojas y tengo que llenar unos papeles que me llegaron; cosas de impuestos, pura sacadera de dinero.

CATITA: ¡Mejor! Porque no quiero que nadie se entere. (respira profundo) ¡Ya lo hice! ¡Ya se lo corté!

DON AGUS: ¿Que le corto qué?, ¿a quién? ¿De qué me está usted hablando?

CATITA: (eufórica) ¡No fue cosa mía! ¡Una voz me lo ordenó! ¡Fue como un mandato divino! (muy seria) ¡De entre el humo de los cirios salió un rostro angelical que me decía: ¡córtaselo, córtaselo! Y pos yo sólo obedecí… ¡Se lo corté!

DON AGUS: (impaciente) Pero ¡válgame Dios? ¿Qué le cortó? ¿Y a quién?

CATITA: (muestra el paquete que lleva en el reboso) ¡El miembro! ¡Al caballo de Santiago apóstol!

DON AGUS: ¡Virgen santísima! A ver, enséñemelo. (sorprendido) ¡No sabía que los caballos lo tuvieran tan grande! ¡Pero qué hizo usted, Catita!

CATITA: ¡Ya le dije! Y no me haga repetirlo, que me voy a tener que lavar la boca con jabón.

DON Agus: ¡A poco se lo arrancó con los dientes!

CATITA: ¡No sea usted tonto!

DON AGUS: ¿Y ahora qué piensa hacer con… esto?

CATITA: Por eso vine con usted, para que me ayude. Ahora no sé qué hacer. Al padre Beto no le puedo decir, capaz que me excomulga…

DON AGUS: ¿Por qué no lo tira a la basura?

CATITA: ¡No, nunca! ¡Eso sería un desperdicio!

DON AGUS: (burlón) ¡Sí, me imagino!

CATITA: Me refiero a que, sea como sea, este… miembro, pos está bendito. Además, tiene algo especial.

DON AGUS: ¿Algo especial? ¿Ya lo revisó bien?

CATITA: ¡Sí! (se arrepiente) ¡Digo, no! Lo que pasa es que, cuando lo traía para acá, abrazado aquí en mi pecho, (excitada) sentí un estremecimiento, como una corriente eléctrica que recorrió todo mi cuerpo. Creí que era el corazón. No está usted para saberlo, don Agus, pero en las noches me dan unos calores y luego siento algo que me revolotea aquí en la boca del estómago y ya no puedo dormir en toda la noche. Pero, total, cuando venía para acá sentí algo raro, así que fui a visitar al doctor Adrián Sánchez Lara. Me iba a revisar y de pronto que ocurre el milagro en el mismo consultorio.

DON AGUS: ¿Se le apareció la virgen?

CATITA: ¡No! (extasiada) Pero sí estuve en el paraíso.

DON AGUS: ¿El paraíso? (se rasca la cabeza) Qué raro. ¿Y cómo llegó allí?

CATITA: (en secreto) En la mesa de exploración del consultorio.

DON AGUS: (confundido) ¡No le entiendo! ¿De cuál fumó?

CATITA: ¡Yo no fumo! (apenada) Lo que pasó es que me hizo el... amor. Después me prometió matrimonio y me pidió que me fuera con él a la capital. (cambia) Por eso le traje... esto, para que usted lo guarde mientras pienso que hacer. (se lo da y sale apresurada) ¡Ándele, no sea malito y cuídelo bien!

DON AGUS: (gritando angustiado) ¡Oiga, y yo qué voy a hacer con esto!

(Entra Violeta, que ha tropezado con Catita).

VIOLETA: ¿Pero qué le pasa a Catita? No me diga que le pellizcó las nalgas, porque dudo que se las haya encontrado.

DON AGUS: (escondiendo el bulto en una caja) No, es que lleva prisa. ¿En qué le puedo ayudar Violetita? La tienda todavía está cerrada y yo estoy... (sugerente) muy pellizcador (le toca una nalga a Violeta).

VIOLETA: ¡Órale! Pues no que usted ya nada de nada. (coqueta) Además, por ahí se pide, pero por adelante se despacha (se escuchan campanitas mágicas).

DON AGUS: (entusiasmado) La verdad es que usted me gusta mucho. (pícaro) No hay noche que no piense en usted, en ese perfume que sale de todas las partes de su cuerpo. (Se acerca y la abraza) Yo estoy muy solo, y si usted quisiera… (sorprendido) ¡Mire nomás, ya hasta despertó a un amiguito que lleva un año dormido!

VIOLETA: (sigue el juego) Pues déjeme darle un besito para que se levante de buen humor (se hinca y le baja el cierre del pantalón).

DON AGUS: ¡Ay, Violetita! (suspirando) ¿Qué estás haciendo? (excitado) ¡Muñequita de mi alma! ¿Qué haces?

VIOLETA: (levanta la cara) ¡A poco quiere platicar!

DON AGUS: ¡No, usted sígale! ¡No pare, sígale! (en el orgasmo) ¡Esto es un milagro! ¡Milagro!

(Oscuro rápido).

6

TERCERA ESCENA

(La acción ocurre en la sala de la casa de Octavio y Adela; hay muebles rústicos o, más bien, pobres. Entra don Agus; lleva una pequeña caja bajo el brazo, el sombrero en la mano y está inseguro. Domingo por la tarde).

DON AGUS: Buenas tardes, Adelita. ¿Cómo le va, Octavio?

ADELA: Padrino, qué sorpresa, pero pásele. Ándele, siéntese.

OCTAVIO: Qué milagro. ¿Quiere usted una copita o sólo toma usted de su botella? (indica la caja) ¿A qué debemos el honor, don Agus?

DON AGUS: No, gracias. (se rasca la cabeza) Bueno…, pos miren…, ustedes saben que no me gusta meterme en lo que no me importa…, pero pos se los voy a decir. Yo sé que ustedes llevan ya cinco años intentando tener un chamaco (Adela y Octavio se miran y asienten), y yo no sé cómo decirles…, pero creo que tengo la solución.

ADELA: (entusiasmada) ¡De veras, padrino!

OCTAVIO: (incómodo y con falso interés) ¿Y… de qué se trata? ¿Alguna medicina? ¿Es un nuevo tratamiento?

DON AGUS: ¡No! ¡No es nada de eso!

ADELA: (ansiosa) ¿Entonces qué es?

DON AGUS: Pues es un… platanito.

OCTAVIO: (no entiende) ¿Un qué?

DON AGUS: (apenado) Un… chostomo.

ADELA: ¿Un qué?

DON AGUS: ¡Un pene!

ADELA: (incrédula) ¿Un pene?

OCTAVIO: (enojado) ¿Un pene? ¿Cómo se atreve?

DON AGUS: (apresurado) Pero no es un pene cualquiera...

OCTAVIO: (irritado) ¿Qué? ¡Es de extraterrestre o es un pene biónico?

DON AGUS: ¡Es un pene milagroso!

OCTAVIO: ¿Desde cuándo hay penes milagrosos?

ADELA: (sin pensarlo) ¡Desde siempre! ¡Desde siempre!

OCTAVIO: ¿Y dónde pretende que mi esposa se ponga el dichoso pene milagroso?

ADELA: (entusiasmada) ¡Mi vida! ¡Por eso no tenemos hijos! ¡No sabes dónde lo debes poner!

OCTAVIO: (amenazante, gritando) ¡Mejor te callas!

ADELA: (llorosa) ¡Nunca me habías hablado así! ¿Yo qué culpa tengo?

DON AGUS: ¡Por favor! ¡Calma! No pretendo ocasionar un pleito, sólo creí que esto (muestra el bulto que lleva bajo el brazo) podría servirles.

7

ADELA: (se acerca con mucha curiosidad) Es el del... "milagrito".

OCTAVIO: Y... ¿cómo es que llegó a sus manos el... "milagroso"? ¿De quién es? ¿A quién se lo cortó? ¿Qué milagros ha hecho?

DON AGUS: ¡Permítanme explicarles! Catita nos dijo por la mañana al terminar la misa que no le gustaba el caballo de Santiago apóstol, especialmente el...

ADELA: ¡El chostomo!

DON AGUS: (asiente) ¡Eso! Y pues... ¡se lo cortó!

OCTAVIO: ¿Lo hizo?

DON AGUS: Y no sólo eso, sino que me lo llevó a mi tienda, ¡que para que se lo guardara en lo que pensaba qué hacer con él!

ADELA: Oiga, padrino, ¿y el milagro?

DON AGUS: (duda) Mmm... Tengo que contarles algo muy íntimo.

OCTAVIO: ¡Desembuche, pues! ¡Que pa luego es tarde!

DON AGUS: Ustedes saben que el mes pasado se cumplió un año de que mi señora falleció.

ADELA: Sí, mi madrina murió el 23 de junio... ¡Tan buena que era!

DON AGUS: Pues sí... y desde que ella murió... (hace señas) ¡yo nada de nada!

OCTAVIO: ¿Por el luto? O por p...

DON AGUS: ¡No, qué va! ¡Si ganas no me faltaban! ¡Fue como si mi, con su perdón, Adelita, pos como si mi "pajarito" se hubiera muerto también! Y yo pos le daba sus masajes y...

OCTAVIO: ¡Épale! Ya no explique tanto, ya le entendimos.

ADELA: (impaciente) ¿Y el milagro?

DON AGUS: ¡Ocurrió hoy mismo! Fue a visitarme Violeta por unos cortes de tela que me había encargado y allí en la trastienda sucedió…

OCTAVIO: (muy interesado) ¡A ver, cuente, cuente!

DON AGUS: Pues primero se escucharon unas… como campanitas. Ella me estaba…

ADELA: (pellizcando el brazo de Octavio) ¡Ya le entendimos! ¿Verdad, viejo?

DON AGUS: Bueno, pos aquí está el susodicho. Yo creo que sería bueno que lo pusieran debajo de la cama…; a ver si a ustedes también les hace el milagrito.

OCTAVIO: Yo no sé si se sea correcto.

ADELA: (animada) ¡Ándale, Octavio! ¿Qué podemos perder?

DON AGUS: (les entrega el paquete) ¡Aquí esta! Cuídenlo bien… ¡Y mucha discreción! No vayan a ir por ahí contándolo.

OCTAVIO: Ni modo que en la cantina le vaya a decir a mis cuates: ¡le traje a mi vieja un…!

(Entra el padre Beto y Adela esconde el paquete rápidamente).

PADRE BETO: (furioso) ¡Un sacrilegio, un atentado contra nuestro santo patrono, un aborrecible crimen, un pecado imperdonable!

DON AGUS: (disimulando) ¿Qué es lo que pasa, padre? ¡Por qué tanto grito?

PADRE BETO: ¡Alguien mutiló la sagrada imagen de Santiago apóstol!

ADELA: ¿Cómo?

8

PADRE BETO: ¡No sé cómo, pero sí sé que se lo cortaron!

OCTAVIO: ¿Le cortaron? ¿Qué?

PADRE BETO: ¡Al caballo le cortaron... todo lo que le cuelga! ¿Ustedes saben algo?

TODOS: (en coro) ¡No, padre!

PADRE BETO: ¡Tenemos que hacer algo, hacer un cartel y pegarlo en la plaza!

OCTAVIO: (burlón) Ya me imagino en cada poste: "Se busca un chostomo extraviado, para mayores informes...". Tenga cuidado, padre, no lo vayan a confundir con el modista Alex (Adela le pellizca el brazo).

ADELA: ¡Podemos ofrecer una recompensa!

PADRE BETO: (se rasca la cabeza) ¡No sé! Tengo que consultarlo con el obispo. Algo se me ocurrirá. Bueno, me voy, tengo que darme un buen baño; no sé qué le pasa a mi cuero cabelludo. ¡Dios los bendiga! (sale).

DON AGUS: ¿Se dieron cuenta? ¡Tiene comezón en la calva! Creo que pronto tendrá una buena cabellera. Bueno, pues les dejo el "milagroso". ¡Cuídenlo bien! (con intención) ¡Y que pasen buenas noches! (sale).

ADELA: (coqueta, bosteza) ¡Ahumm! ¡Tengo sueño! ¡Vamos a dormir!

OCTAVIO: ¿A dormir? (comprende) Está bien, vamos.

(Oscuro).

9

CUARTA ESCENA

(En el taller de costura de Alex, quien platica animadamente con Violeta).

VIOLETA: Pues ya te digo, don Agus me propuso matrimonio.

ALEX: Pero, manita, ¿no está muy viejo para ti? (le toma medidas con una cinta métrica).

VIOLETA: Estoy harta de todos esos chamacos pendejos que sólo van tras la nalga.

ALEX: ¿Y a poco crees que don Agus no quiere lo mismo? Levanta el brazo.

VIOLETA: Pues me pidió que me case con él; mira el anillo de compromiso.

ALEX: Ten mucho cuidado. Los hombres prometen y prometen mientras no lo meten, y cuando lo meten, se les olvida.

VIOLETA: Demasiado tarde tu consejo.

ALEX: (entusiasmado) ¿A poco? Ya... ¿y qué tal? ¡Cuenta, cuenta!

VIOLETA: (extasiada) Fue algo casi milagroso, como si fuera la primera vez.

ALEX: (burlón) No mames. ¿La primera vez? Pero si él es viudo y tú... ya estás bastante corrida, manita. No te la jales.

VIOLETA: No me entiendes, lo descubrimos nuevamente, con alegría, gozándonos con libertad.

ALEX: ¿Pues que antes te encadenaban para hacerlo?

VIOLETA: ¡No! Alex, ¡ocurrió un milagro!

ALEX: Eso sí te lo creo, porque mi mama decía que los gais y las teiboleras, ¡siempre solteras! Y tú te nos casas, no lo puedo creer... Me muero de envidia.

VIOLETA: Alex, tengo una reliquia maravillosa, y esa fue la que me hizo el milagro.

ALEX: Pues préstamela. Si tú te casas, ¿quién quita y yo me convierta en un diseñador famoso en la capital? ¿Te imaginas cuando me entrevisten en la televisión? "Y ahora presentamos al diseñador de las estrellas… Alex". (ansioso) ¿Dónde está la reliquia milagrosa? ¡Muéstrala, pecadora!

VIOLETA: (saca la caja) Ésta es, y quiero que la cuides y la trates con respeto.

ALEX: (abre la caja, desconcertado) Órale, manita, creo que te equivocaste y me trajiste tu consolador nocturno.

VIOLETA: (molesta) ¡Ves! Te dije que no te burlaras. ¡Esto es milagroso!

ALEX: ¡Pero claro! Si mi madre lo decía: ¡es el remedio para todo mal! (desilusionado) Pero no creo que me vaya a hacer famoso con esto, ni a programa de radio voy a llegar.

10

VIOLETA: (deposita el consolador en el sillón) Déjame explicarte. (le ordena) ¡Siéntate!

ALEX: (mirando a la caja) ¡Ah! Y, además, hay que ponérsela. Se me hace muy grande para mí. Yo sé que tú ya lo probaste, ¿no te lastimó?

VIOLETA: (gritando) ¡Alex! ¡Dámela, me largo!

ALEX: (trágico) ¡No, no te lo lleves! ¡Perdóname!

VIOLETA: ¡Entonces no hagas bromas con esto!

ALEX: No, si yo siempre lo tomo muy en serio, aunque a veces… Fíjate que una vez estaba con un soldado y yo había desayunado enfrijoladas, y luego el soldado que desenfunda tamaño pistolón y que me gana la risa…, aunque después me puse a llorar.

VIOLETA: (desesperada) ¿Quieres que te cuente?

ALEX: (conteniendo la risa) Perdón, los recuerdos me vinieron de pronto; debe ser por tu reliquia milagrosa.

VIOLETA: Pues mira, esto es… lo que el caballo de Santiago apóstol tenía colgando, y entonces doña Catita se lo cortó…

ALEX: ¡Ay! Pobre caballo. ¿Cuánto habrá sufrido?

VIOLETA: Y a la beata, que era una solterona y quedada, fue a la primera que le hizo el milagro con… ¿quién crees?

ALEX: (tratando de adivinar) Pues… no sé. ¡Con el padrecito Beto!

VIOLETA: ¡No! Con el doctor Adrián Sánchez.

ALEX: ¡Otro que se me va vivo! Pero si es más joven que la vieja esa.

VIOLETA: Por eso es milagroso. Ella fue la primera que lo tocó, luego se lo llevó a don Agus, que ya tenía un año sin nada de nada, y que aparezco yo.

ALEX: No, mana, ese no es milagro; tú eres profesional y revives hasta los muertos.

VIOLETA: El milagro me lo hizo a mí. Lo que siempre pedí en mis oraciones fue casarme de blanco y don Agus me cumplirá el sueño, y luego que se lo lleva a su sobrina Adela y que se embaraza y ella me pidió que guardara la santa reliquia, porque el marido anda muy jarioso y ella ya no quiere que se le suba y le vaya a aplastar el chamaco.

ALEX: Si ese es el problema, pues que lo hagan de lado o que ella levante las piernas y…

VIOLETA: No vine a pedirte tu catálogo de posiciones; te ofrezco la reliquia para que le pidas lo que tú quieras.

ALEX: Pero, Violeta, si esta cosa el único milagro que hace es conseguirles hombres a las urgidas y a las que ya lo tienen, que se les suban, y yo lo que quiero es… ¡Qué coincidencia! (los dos ríen).

VIOLETA: Ándale, pídele algo.

ALEX: Bueno, le pediré me haga un milagrito, pero si no me lo hace, manita, me desquito y te juro que lo voy a usar para mis noches de desvelo.

VIOLETA: Bueno, me voy. Tengo cita con don Agus.

ALEX: Entonces llévate el "milagroso".

11

VIOLETA: (ríe) No, ya no lo necesita (sale).

ALEX: ¡Violeta! ¡Violeta! Ya se fue y ni siquiera me dijo cómo se usa. ¿Habrá que rezar una oración?, ¿o una letanía? (reza)

¡Santo remedio de las afligidas,
no nos dejes... tan urgidas!

Consuelo de todos los días,
acuérdate de mis tías.

Alivio para el dolor,
déjanos ver tu color.

Éxtasis verdadero,
yo... me lo como entero.

Es lo que el mundo ha deseado.
Dígame, ¿quién no se ha sentado?

(Ríe)

ALEX: ¡Ay! Si me vieran mis comadres rezándole al "adorado de todas nosotras"... ¿Y qué le voy a pedir? (Piensa) ¡Ya sé! Una noche de placer con Brad Pitt. ¡No! Hay que consumir lo que el país produce. Lo que quiero son dos noches con el doctor Adrián Sánchez... ¡No! Lo que quiero es ser famoso y para eso necesito salir en la televisión; tengo que hablar a un programa para que envíen cámaras (busca su agenda). A ver... Aquí está. ¿Bueno...? ¿Televisión Imeca? ¿Allí es donde se reportan los milagros, apariciones, incestos y violaciones? ¿Sí? Yo vivo en Santiago de las Tunas y aquí han ocurrido algunos milagros... (sigue hablando).

(Oscuro).

QUINTA ESCENA

(La acción es en la casa de Octavio y Adela, tres meses más tarde. Ahora hay unas lámparas, cámaras, etc. Estrella Fuentes, con un micrófono en la mano, está mirando a la cámara, falsamente conmovida).

VOZ: Cinco, cuatro, tres, dos, uno…

ESTRELLA FUENTES: ¡Buenas noches, queridos amigos televidentes! Hoy transmitimos en vivo y en directo, y antes que cualquier otro medio informativo, un maravilloso milagro que ocurrió en un humilde hogar mexicano en un pueblo perdido en nuestra patria: ¡Santiago apóstol de las Tunas! ¡Recuerden que fuimos los primeros en presentar el bolillo con la santa imagen, el comal con la cruz bendita, la tortilla en la que se dibujó el rostro santo y hoy presentaremos un objeto milagroso! Pero dejemos que sea la señora Adela quien nos cuente de este milagro.

(Adela es empujada, a un lado de la locutora sólo sonríe).

ESTRELLA FUENTES: Pero cuéntenos el milagro.

ADELA: (mirándola, asombrada) Es usted igualita que en la televisión.

ESTRELLA FUENTES: ¡Gracias! Por favor, háblenos de ese milagro que le ocurrió.

ADELA: Señorita..., yo me casé hace cinco años y la verdad es que no podía tener chamacos. Mi marido y yo nos hicimos análisis y pos no...

ESTRELLA FUENTES: (impaciente) ¡Por favor, sea breve! El tiempo en televisión es muy valioso y...

ADELA: ¡Un milagro! ¡Estoy embarazada! ¡Estoy embarazada!

ESTRELLA FUENTES: (mirándole el vientre) Sí se le nota, ¡muy bien! Pero también nos acompaña el doctor Adrián Sánchez, quien dará fe de este maravilloso milagro.

(Entra el doctor Adrián).

DOCTOR ADRIÁN: Pues sí, señorita, doña Adela presentaba una severa deformación en la matriz...

(Es interrumpido).

ESTRELLA FUENTES: ¡Ejem! ¡Por favor, doctor! ¡Estamos en horario familiar! Y esas palabras no están autorizadas por la secretaria de gobernación, y menos ahora. ¿Usted comprende?

DOCTOR ADRIÁN: (desconcertado) Bueno..., se lo diré de otra manera. La señora Adela presentaba un pequeño problemita, allí donde le platiqué, que le impedía la llegada de los espermas..., quiero decir, las semillitas, para que germinaran y pudieran permitir el nacimiento de una nueva flor que esparcirá por el campo su perfume.

ESTRELLA FUENTES: ¡Qué poético! ¡Ya comprendimos! ¿Pero cómo ocurrió el milagro? ¿Explíquenos!

DOCTOR ADRIÁN SÁNCHEZ: ¡Eso sí no sé! Por eso es un milagro, de pronto quedó embarazada y ya.

ESTRELLA FUENTES: (confundida) ¿Eso es todo?

OCTAVIO: (entra) ¿Me permite? Yo puedo explicarle el milagrito.

ESTRELLA FUENTES: ¿Y usted quién es?

OCTAVIO: Yo soy el marido, y el embarazo sólo ocurrió cuando la reliquia estuvo debajo de la cama. Entonces escuchamos unas como campanitas, yo me acerqué a mi mujer, ella me besó y pues yo soy muy cachondo, que me prendo luego luego y que le arranco…

ESTRELLA FUENTES: Por favor. Ya comprendo, ¿pero qué más puede decirme?

OCTAVIO: (en secreto) La noche del milagro, mi señora estaba medio cariñosa, yo creo que eso ayudó.

ESTRELLA FUENTES: ¡Ya lo creo! Pero dígame, ¿esa noche sintió algo especial?

OCTAVIO: (duda) Pos me da pena…

ESTRELLA FUENTES: (tratando de convencerlo) ¡Lo que les ha ocurrido es un milagro y el pueblo de México tiene derecho a conocer todos los detalles!

OCTAVIO: (convencido) ¡Si es por la patria, lo contaré todo! La verdad, sí sentí algo especial esa noche, y es que mi señora está bien cachonda y yo también. (en secreto) Además, ella tiene un… "perrito mordelón" que me enloquece y un movimiento de cadera que la verdad… ¡No me la acabo! Esa noche casi me da un infarto cuando…

ESTRELLA FUENTES: (asustada) ¡Con eso es suficiente!

OCTAVIO: ¡Qué no quería que le contara todo! Todavía me falta el segundo tiempo, cuando se puso de chivito en precipicio.

ESTRELLA FUENTES: ¡Ya! ¡Ya, por favor! ¡Que venga el padrino!

DON AGUS: Usted dirá en qué puedo servirle.

ESTRELLA FUENTES: Tengo entendido que la reliquia también le hizo un milagro a usted. Cuéntenos todo, por favor.

DON AGUS: (duda y al fin se decide) No, pos si hay que contarlo todo… Verá usted, yo quedé viudo hace poco más de un año y…

ESTRELLA FUENTES: Sea breve, se lo ruego. ¡El milagro! ¡Hable del milagro!

DON AGUS: ¡Pues este es el milagro! (Chifla) ¡Violeta, ven pa'cá! (entra Violeta muy feliz) ¡Le presento a mi futura esposa!

ESTRELLA FUENTES: ¡Vamos a unos mensajes de nuestros patrocinadores y regresamos! (Furiosa) ¡Esto parece un carnaval! ¿Qué no hay un milagro para la televisión? Por ejemplo, algún paralítico que arroje las muletas para correr por la plaza de este pueblo chicharronero, algún niño retrasado que cante canciones de Pedro Infante, aunque sea alguien con cáncer que dé su último suspiro frente a las cámaras. (despectiva) ¡Estos… son demasiado felices! ¡Eso no vende!

VOZ: Estamos al aire. Tres, dos, uno…

14

ESTRELLA FUENTES: (falsa, a punto de llorar) ¡Amigos, estamos tan conmovidos por estos milagros ocurridos en Santiago apóstol de la Tunas, este risueño rincón de la patria! Y se encuentra con nosotros la bendita mujer que descubrió esta bendita reliquia, que, por cierto, pronto mostraremos para que todo México la conozca, de costa a costa y de frontera a frontera. Ella es doña Catita, que pase, por favor.

DOÑA CATITA: (lleva el cabello suelto, viste muy sensual y está maquillada; va tomada del brazo por el doctor Adrián Sánchez) ¡Catalina de Sánchez Lara!

ESTRELLA FUENTES: Tengo entendido que a usted le fue concedida la gracia del primer milagro. ¿Cuál fue?

DOÑA CATITA: ¡Milagrote! Mire qué fuerte y qué guapo.

ESTRELLA FUENTES: (con intención) ¿Su hijo?

DOÑA CATITA: (enojada) ¡Mi marido! ¡Nos casamos hace tres días!

ESTRELLA FUENTES: (francamente molesta) ¡Ya comprendo! La reliquia milagrosa es… como un san Antonio local…les consigue marido o mujer al que lo necesite.

DOÑA CATITA: ¡No! El santo objeto es toda una experiencia milagrosa que transformó nuestras vidas, por eso queremos hacerle su santuario, para que les haga el milagro a todos los mexicanos.

ADELA: No hay que ser envidiosos…. ¡A todos los latinoamericanos!

ESTRELLA FUENTES: (burlona) Al mundo entero… (incrédula) ¿Qué no hay un milagro que no tenga que ver con el sexo?

TODOS: ¡No!

PADRE BETO: (entra corriendo) ¡Ya no estoy calvo! ¡Me salió cabello! ¡Me salió cabello!

ESTRELLA FUENTES: (estalla) ¡Dónde demonios está la mentada reliquia! ¡Qué es!

ALEX: (entra ceremonioso y la desenvuelve lentamente) ¡Un pene!

ESTRELLA FUENTES: (sorprendida) ¡No lo puedo creer! ¡Me van a correr! ¡Corte! ¡Vamos a comerciales! ¡Quiten eso! (sigue gritando mientras cae el telón).

FIN

El diablo que se lo crea

de Pedro Aguayo Chuk

Personajes:

Lucifer
Satanás
Diablito
Miguel
Angelito
Daniela
María
Bras
Menga
Director

PRIMERA ESCENA

(En el infierno, el general lucifer da instrucciones a Satanás).

LUCIFER

Tu misión, si decides aceptarla,
es subir a la tierra ahora mismo
y evitar que se presente la pastorela.
Corre y a los humanos encandela.

SATANÁS

Tiene que ser hoy, mi general lucifer.
Es que allá en la tierra es invierno
y aquí tengo mucho quehacer.
Está fallando el quemador del infierno.

LUCIFER

(Le entrega un aerosol).
Lleva el aerosol de los vicios.
Es Navidad y usarás tus artificios.
Embauca a los actores y cumple mi ordenanza.
Hazlo bien o te daré un golpe en la panza.
(Se lo da y sale).

SATANÁS

(molesto y refunfuñando).
Mandarme a mí, que soy el general Satanás,
a infundir vicios en un grupo de comediantes.

Si la lujuria y la vanidad no abandonan jamás;
son egoístas y glotones, iracundos y chocantes.
Mandaré a un diablito, que él embauque a los farsantes.

(Entra un diablito).

SATANÁS

Diablito, donde veas un montón de gente
les dices que su tiempo pierden miserablemente.
Hay que evitar que se presente la pastorela
porque el tal Miguel siempre nos vence.

(Diablito sale).

(En el cielo, el arcángel Miguel da instrucciones a un ángel).

MIGUEL

Hoy bajarás a la tierra.
Tu misión es importante.
Cuida que se presente una pastorela,
eso a los humanos consuela.

(El ángel duda).

ÁNGEL

Miguel, ¿no será muy peligroso?
El teatro tiene muy mala fama,
siempre está lleno de puro libidinoso.

MIGUEL

¡No, ángel! ¡No! Esas son injurias.
Los actores son gente noble y trabajadora;
no creas en mentiras, son puras habladurías.

ÁNGEL

¿Y si el enemigo se presenta?

MIGUEL

Dale duro y que lo sienta.

ÁNGEL

(Toma un garrote dorado).
Me llevo el corrector de maldades,
por si el diablo me enfrenta.

MIGUEL

Muéstrale la verdad
para que se arrepienta.

(En el escenario, el diablito se dirige al público).

DIABLITO

¡Qué pena! ¡Cuánto lo siento!
Pero hoy no habrá pastorela.
De verdad, esto no es cuento.
Vayan a ver a su abuela.

Aquí no hay nada que celebrar.
Señora, ¿verdad que me entiende?
Pueden ir a comprar,
y que la mano no les tiemble.
Gastar, gastar y gastar,
que para eso sirve diciembre.

ANGELITO

Un momento, no se muevan.
Vete tú, cabeza de chorlito.
Hoy es un día maravilloso;
pronto les voy a explicar.
Se lo digo y lo repito:
la Navidad vamos a celebrar,
de eso no les quepa duda.
Lo esencial van a recordar.
Éste en sus cuernos se escuda;
ya debería de saber
que la verdad siempre triunfa.

DIABLITO

Yo no sé nada de nada,
a mí nomás me mandaron.
Fue mi jefe, el demonio,
pero ya se lo robaron.
(lo busca).

Jefe, jefecito, ¿dónde se fue?
¿A poco ya me dejó solo

con este ángel cara de pollo?
No corra, necesito apoyo.
(Sale corriendo).

ANGELITO

Hoy es noche buena
y un niño vendrá a la tierra;
llegará pobre y desnudo.
Esto al mal siempre aterra.
Las pastorelas recuerdan su nacimiento,
cómo el bien siempre vence al mal.
Soy un ángel y nunca miento.
¿Dónde está ese cara de tamal?
Voy a buscar al diablillo.
No le hagan caso, no se vayan,
la pastorela va a comenzar.

SEGUNDA ESCENA

(Entra Daniela y detrás el Diablito, quien, sin que se dé
cuenta, le pone aerosol en la cabeza).

DIABLITO

Tendrás amor desordenado de ti misma.
Te consideras perfecta, la soberbia a ti te toca.

DANIELA

Soy la mejor actriz y no me pondré esas garras.

Quieren que haga de una pastora, que me vista de indita;
yo sólo hago reinas, pues me siento muy bonita.
Soy mejor que ustedes, estoy en el cuadro de honor.
No voy a usar huaraches; mi vestido es Cristian Dior.

(Ángel, en un costado, se asoma).

ÁNGEL

Esa es la vanagloria,
es un pecado muy feo.
Se jacta de sí misma.
Yo sí la pateo.

MARÍA

No sabes cómo te admiro;
eso lo digo a diario.
El éxito siempre se exalta,
por eso ponte el vestuario,
pues la soberbia nos falta.

(Aparece el Diablo por el lado contrario).

DIABLO

Por mi jefe Satanás,
quien invitó a la humildad,
no la quiero ver jamás.
Esto sí es una dificultad.

DANIELA

Si tanto te gustan las garras,
¿por qué no las usas tú? ¡Miserable!
¿A mí por qué en eso me embarras?
Y mira que estoy siendo amable.

ÁNGEL

Ahora se porta altanera y está haciendo el oso.
Habla con orgullo y terquedad,
con tono despreciativo y aire desdeñoso.
Eso tiene remedio. Contra la soberbia: ¡humildad!

(La toca con su espada).

DANIELA

Está bien, ya voy a vestirme,
pues hoy es diciembre veinticuatro.
Al niño Dios no puedo resistirme.
Lo que más me gusta es el teatro.

(Salen).

(Entra María y Bras. El Diablo le pone aerosol a Bras).

DIABLO

Aunque los flojos abundan,
te quedas con la pereza.
A ti ni el ángel te endereza.

BRAS

No sé cuál es la prisa
ni por qué tanto barullo.
Déjame dormir tranquilo,
que con tus gritos me arrullo.

MARÍA

Apúrate, Bras. No seas indolente.
Con tu flojera no llegarás lejos.
No te sabes tu parlamento.
(Se acuesta y dormita).

BRAS

Lo que pasa es que tengo aburrimiento.
No es que me quiera escapar, sólo quiero descansar.
Siento apatía frente al hecho de existir
y de todo lo que esto implica.

MARÍA

La vida nos exige trabajo,
esfuerzo para actuar,
según lo que se debe.
Vamos, tú eres capaz,
yo sé que puedes.

ÁNGEL

La que para algunos es simple pereza
es gran pecado que al Señor ofende;
es tener de ánimo tristeza.

Contra tu mal: ¡diligencia!
(Lo toca con la espada).

BRAS

Esto era una pesadilla,
no me podía despertar.
Cuando la estrella de Belén brilla…
Vamos, tengo que trabajar.

(Salen).

DIABLO

¿Por qué sufro tanta penuria?
No logro sembrar los pecados.
(Entra Menga con Bartolo).
Tú ya cargas con la lujuria
y tú con la envidia serás adornado.

(Menga coquetea con Bras).

MENGA

Esta falda está muy larga.
¿Qué opinas si la subo un poco?
Así lucen mejor mis piernas.
Creo que el deseo me embarga.

BRAS

Mira, a mí no me molestes,
que estoy muy enojado.

Como actor estoy acabado;
yo quería ser el diablo.

MENGA

(insiste en su coqueteo)

La blusa tengo que abrirla
para que se vea más mi pecho.
Eso no tiene nada de malo.
A esto debo sacarle provecho.

ÁNGEL

Todo esto está muy mal.
Ahora es la envidia y la lujuria,
que involucra del prójimo la utilización
como un medio para la simple satisfacción
A ti te falta castidad y a ti generosidad.

(Los toca con su espada).

BRAS

Pensándolo bien,
no es para tanto.
No hay personaje pequeño.
Me falta espíritu navideño.

DIABLO

Esto no es nada tierno.
Pediré refuerzos al averno.

Satanás, ven a este maldito teatro;
trae a Lucifer, que yo lo idolatro.

(Director entra furioso).

DIRECTOR

¿Por qué no han dado tercera llamada?
¿Dónde demonios están los actores?
¿La iluminación y el sonido ya están listos?
Estoy rodeado de pura gente indisciplinada.
Pero se van todos mucho a… ¡la tisnada!

MARIA

Señor director, la furia no es su vocación.
No exceda los límites de la prudencia,
usted debe hacer uso de la moderación.
La pastorela espera la audiencia.

DIRECTOR

Creo que tienes razón.
El demonio provocó estos males
y logró sacarme de mis cabales
Es Navidad, abramos el corazón.

(Salen).

SATANAS

(Furioso se dirige al público).
Por mis largos cuernos

la pastorela no se presenta.
Es la misma historia de siempre,
¿qué no se aburren? Esto es un fraude.

MIGUEL

La bondad de Dios es infinita
y cada año la recordamos,
pues nuestro corazón visita.

DEMONIO

¿Qué pueden hacer un grupo de actores?
Son sólo vestuarios, no son sus ropajes.
Les encanta pecar y usan puros disfraces.

ÁNGEL

Claro que son actores, eso la gente lo sabe.
Ellos van por el mundo mostrando todos sus vicios;
interpretan al bien y al mal, eso no tiene perjuicio,
y volverán a sus vidas cuando todo esto se acabe.
(Miguel enfrenta a Lucifer con su espada
y finalmente lo vence).

MIGUEL

Lucifer, regresa a las llamas del infierno;
llévate a tu demonio y a ese diablo malvado.
Una vez más, ustedes han fracasado.
Paga tu desacato y regresa al fuego eterno.

(Entra María con todos los actores vestidos de pastores y forman el cuadro final del nacimiento).

MARÍA

Soy una humilde actriz e interpreto a María.
Saludemos el nacimiento del Salvador.
Llevarlo en mis brazos es un gran honor.

DIRECTOR

Cada año en el invierno, miles de actores,
con una pastorela, recordamos la Noche Buena.
Nos ponemos cola y cuernos, nos vestimos de pastores
y juntos celebramos al amor, como Dios nos ordena.

TODOS

Gloria a Dios, por siempre eterno.
Salud para los hombres de buena voluntad
y que el mal humor se vaya al infierno.

FIN

(Invierno de 2006).

¡Quiúbo, rey!

DE PEDRO AGUAYO CHUK

PARA PILY, QUE SALIÓ DEL INFIERNO PARA CONTARME ESTA HISTORIA.

Personajes

Cuate Gutiérrez

26 años y viste un traje impecable, pero va descalzo.

Guampira

19 años, delgada y demacrada. Usa minifalda, mallas, blusa escotada, todo negro. Usa un abrigo raído y tiene cierto aire vampírico.

Mosquito

10 años, delgado y desnutrido. Lleva unos anteojos hechos con pequeñas coladeras metálicas de las usadas en la cocina.

La reina

Esposa del rey. Tiene 40 años. Fue hermosa, pero ahora viste harapos, sin embargo, conserva cierta dignidad.

Toñita

18 años, gay, vestido de mujer, incluidas las zapatillas. Viste harapos. Lleva un maquillaje grotesco.

El rey

Rafael Gutiérrez, 48 años, obeso, canoso, déspota.

Lupe

14 años, adolescente.

El Matarife

Guarura de 26 años.

La Flaca

PRIMERA ESCENA

(Al abrirse el telón, un enorme basurero se extiende, en primer plano, así como un pequeño toldo de plástico y una mesa rustica como la de la última cena. Mosquito está en cuclillas y de la basura tomará comida que engullirá rápidamente. Entra cuate).

CUATE: ¡Mierda! ¡Aquí huele a mierda! (se sobrepone) Vine a los basureros porque me dijeron que aquí vivía mi padre, un tal Raymundo Gutiérrez, que le dicen el rey de la basura y que yo ni conozco ni he visto nunca. (saca un pañuelo blanco) Pero la peste es insoportable: los perros muertos, las moscas, la mierda por todos lados… (se dirige a mosquito) ¿Tú sabes dónde puedo encontrarlo?

MOSQUITO: (con desdén) Ya vendrá. (encuentra una manzana podrida y se la ofrece) ¿Tienes hambre?

CUATE: (con asco) No, gracias. ¿Y tú quién eres?

MOSQUITO: Tu mero hermano, el mosquito (le da la mano).

CUATE: (con desprecio) Yo no tengo hermanos.

MOSQUITO: (ríe con ganas) Somos más de ciento cincuenta; no eres hijo único.

Y tienes suerte, hoy es el cumpleaños de "papá". (señala) Aquí será su fiesta.

CUATE: ¿Aquí? ¿En el basurero?

MOSQUITO: ¿Dónde más? Estos son sus dominios, su reino… su imperio. Él es el dueño… y algún día todo esto será tuyo. Ja, ja, ja (ríe burlón).

CUATE: (tratando de ser amable) ¿Por qué te dicen Mosquito?

MOSQUITO: Me gusta pararme en los montones de basura, donde sólo se paran las moscas, y todos decían: "Mira, parece un pinche mosquito". Y pues se me quedó "El Mosquito".

CUATE: Mosquito es un apodo; debes tener un nombre.

MOSQUITO: (grita) ¡Me llamo Mosquito!

CUATE: ¿Quién es tu madre?

MOSQUITO: (con tristeza) No sé. Me abandonó en los tiraderos… como basura, con un recado en el pecho: "Este es un hijo del rey, que lo mantenga el güey". La buena gente, los pepenadores, me recogieron, cuidaron y alimentaron con lo mismo que comen ellos: los cerdos, las ratas y cuanto animal vive por aquí… con basura.

CUATE: ¡Pero eso es horrible!

MOSQUITO: (se recupera) ¡Ni tanto! ¡Si vieras lo que tira la gente! ¡Hasta los más jodidos desperdician toneladas de tortillas duras, pan, verduras, frutas...! Yo sí que tuve una alimentación balanceada (ríe).

(Entra Toñita gritando).

TOÑITA: ¡Malditos! ¡Hijos de la chingada! (cae al suelo y se queda llorando).

MOSQUITO: ¿Qué te pasó, Toñita?

TOÑITA: Los pinches choferes me invitaron una cerveza y ya medios pedos me quisieron echar montón... Me querían meter un palo de escoba.

MOSQUITO: Pero, Toñita, ya sabes que a esos, cuando toman, se les mete el diablo. El viernes en la noche querían darle violín a doña Lolita, que ya tiene como ochenta años, pero la viejita que saca una pinche daga y creo que enfierró a dos. Pero luego ellos le quemaron la casa. No te preocupes, un día van a amanecer descuartizados, como carne para los perros.

TOÑITA: Ya me quiero largar de tiradero.

MOSQUITO: Pero afuera la cosa está más cabrona... Dicen que a los gais luego los matan.

TOÑITA: Aquí o allá es el mismo infierno. Estoy harta de que todos me usen y no me den siquiera un peso para tragar.

MOSQUITO: No seas güebona. Trabaja en la pepena, se gana bastante.

TOÑITA: (descubre a Cuate) ¿Y éste quién es? Mira nada más... Qué bien vestidito. (se acerca) Qué bien hueles. ¿Quieres casarte conmigo? (lo besa).

MOSQUITO: (asustado) ¡No, Toñita! ¡No!

TOÑITA: ¿Y por qué no? Yo lo vi primero... Hasta parece diputado.

MOSQUITO: ¡Déjalo! Es nuestro carnal.

TOÑITA: (lo suelta) Te salvaste, hermanito. Yo seré muy gay, pero al incesto no le hago. (triste) Ese... es un vicio mayor.

CUATE: (interesado) ¿Por qué lo dices?

MOSQUITO: Papá abusó de él cuando tenía doce años. El rey agarra parejo, hasta con sus hijos. ¡Cuídate! No vaya a ser la de malas.

CUATE: (incrédulo) ¡Eso no es cierto! Él es muy cariñoso.

(Entra Guampira cantando).

GUAMPIRA:

> Alma mía, sola, siempre sola,
> sin que nadie comprenda tu sufrimiento,
> tu padecer.
> Si yo encontrara un alma
> como la mía,
> cuántas cosas secretas le contaría.

TOÑITA: (a Cuate) Dale la bienvenida a tu hermanita. Tiene quince años y ya es piruja. Con ella fue muy "cariñoso" nuestro jefe.

GUAMPIRA: ¡Cállate! ¡Pinche maricón! A mí por lo menos me pagan.

TOÑITA: ¡Pinche puta! Te voy a desgraciar la cara, a ver quién te vuelve a ocupar.

MOSQUITO: (los separa) ¡Ya estense sosiegos! ¡Parecen perros del tiradero: entre ustedes mismos se tragan! (con doble intención) Recuerden que hoy le tenemos que dar su regalo al rey.

CUATE: ¿Regalo? ¿De qué hablan? Yo no traje nada.

GUAMPIRA: No te preocupes. Espérate a que llegue… A lo mejor hasta encuentras en el montón de basura algo bonito para él.

CUATE: Estás muy chamaquita. ¿No vas a la escuela?

MOSQUITO: (burlón) ¡Si está haciendo su maestría… en sexo oral!

GUAMPIRA: (intenta pegarle) ¡Cállate, pinche enano!

TOÑITA: (la detiene y ella cae) ¡Déjalo! ¿A poco vas a negar que te gusta el mamey? Si por eso te dicen la Guampira.

CUATE: (sarcástico se dirige a Toñita) ¿Y tú qué eres?, ¿hombre o mujer?

TOÑITA: ¡Más hombre que tú y más mujer que tu puta madre!

CUATE: A mi madre no la metas en esta porquería.

REINA: (entra) ¡Tu madre también! ¡Y todas las que le abrimos las piernas por gusto, por hambre o a la fuerza y después nos quedamos calladas! ¡Todas pertenecemos al basurero! (llora).

MOSQUITO: (la abrasa) ¡Cálmese, reinita! ¿Pues qué gana con llorar?

REYNA: éste (señalando a Cuate) que no sabe qué clase de cabrón vino a buscar…

CUATE: Pues si lo odian tanto, ¿por qué hasta le van a celebrar su cumpleaños? Se me figura que ustedes le tienen envidia porque logró salir de todo esta mierda y ahora es alguien importante.

GUAMPIRA: (seria, llorosa) ¡Tan importante! ¡Tan grande como que el rey de la basura pide una virgen para celebrar! Yo fui su regalo de cumpleaños el año pasado.

CUATE: (no comprende) Pero… tú eres su hija.

TOÑITA: (ríe) Y también su esposa. Bueno, una de las once mil vírgenes que se ha chingado.

CUATE: (falso mutis) Yo me largo. No quiero saber nada más.

(Entra Lupe).

LUPE: (se encuentra con Cuate de frente) ¿Aquí va a ser la fiesta?

CUATE: (duda) Eso creo…

LUPE: ¿Te vas?

MOSQUITO: (burlón) No se va… escapa. ¡Huye!

REINA: (a Lupe) ¿Y tú a qué vienes aquí?

LUPE: Yo... vengo a... (llora).

CUATE: ¿Qué tienes? (la abraza) ¿Qué te pasa?

LUPE: (llora) Mi mamá me dijo que yo me tengo que acostar con el rey..., que soy su regalo de cumpleaños. Pero yo no quiero. Dicen que es mi papá. Yo digo que eso no está bien.

CUATE: (la suelta) ¡Pero eso no está bien! ¡Por qué permites que te hagan eso?

LUPE: Él amenazó a mi mamá, le dijo que ya no la dejaría pepenar.

CUATE: Pues váyanse de aquí.

LUPE: ¿A dónde? ¡No sabemos hacer otra cosa!

CUATE: ¿Te gusta vivir aquí? Esto es espantoso.

GUAMPIRA: No es por gusto. Este es el culo de la ciudad, el que nadie quiere ver, el que apesta, pero algunos vivimos aquí y va a estar duro que algún día lo abandonemos.

CUATE: Pero son puros desperdicios.

(Se escuchan porras ad libitum: ¡Viva el rey de la basura! ¡Que viva!).

REY: (entra) Es riqueza, pero nadie la ve; están ciegos.

REINA: Y en el país de los ciegos el tuerto es rey. ¡Que viva el rey de la basura!

TOÑITA: (como una porrista en caricatura)

¡Papel, cartón y hojalata,
el rey de la basura
es el más reata!

Aluminio, vidrio y madera,
él es tan bueno.
¡Quién lo dijera!

REINA: (burlona) Ya párale; ni que fuera mitin.

TOÑITA: Es que ya vienen las elecciones y quiero ser porrista para ganarme unos pesos.

REINA: Mientras vente a pepenar papel, aunque sea, para que no andes mendingando.

TOÑITA: No puedo, se me corren las medias.

MOSQUITO: Te gusta la ñonga que…

TOÑITA: Quisiera probar la tuya, pero traigo una muela picada y ya no la voy a saborear. (se dan cuenta de que Cuate se aparta disimuladamente) ¿A dónde, mi cuate?

CUATE: ¡A donde yo quiera! Me largo, no puedo escucharlos un minuto más. Son una punta de animales, degenerados, enfermos; son desperdicios, basura, como todo esto. Se parecen más de lo que imaginan al mundo en el que viven.

REY: Cállate. ¿Qué haces aquí?

CUATE: Busco a mi papá.

REY: Pues ya me encontraste. ¿Y ahora qué?

CUATE: Yo debía conocerte, por eso me escapé. Todos tienen un pariente o alguien que los visite, yo no. ¿Por qué me encerraste en el internado?

REY: Para apartarte de los basureros. Pensé que la peste no llegaría hasta tu hermosa escuela, pero mira, ya lo traes en la sangre. Fuiste tú el que vino hasta acá. Sabes una cosa, cuando eras niño me pareciste el más inteligente. Un día me dijiste que querías ser presidente, y yo dije: "¿Por qué no? Tú serás presidente, más chingón que yo, ¿no?". Porque yo soy rey, el rey de la basura, pero rey. Busqué la mejor escuela, pues siempre sacabas buenas calificaciones, y ayer, cuando me avisaron que escapaste, sabía que vendrías. ¿Qué esperas de mí?

CUATE: Quiero conocerte, saber cómo eres.

TOÑITA: ¿Pos cómo va a ser? Un perfecto hijo de la chingada.

CUATE: Pero ahora estoy confundido. Todo esto es demasiado.

MOSQUITO: Es lo malo de bajar del paraíso para sumergirse en el infierno: el fuego quema y tú, Cuauhtémoc, traes lo pies descalzos en el meritito infierno.

REY: Pendejos, están ciegos. Este es el paraíso: aquí hay riqueza por todos lados. Yo lo vi cuando vine por primera vez, muerto de hambre, con las tripas vacías gruñendo en mi cuerpo. ¿Saben qué vi al patear un montón de basura?

Una sandía perfecta, madura, dulce; luego un paquete de galletas sin abrir. El basurero era como una enorme despensa. Me quité el asco y comí hasta reventar.

CUATE: ¿Te alimentaste de basura? Pero eso es horrible.

REY: (ríe) Aquí hay toneladas de alimentos pudriéndose al Sol, mientras que millones se mueren de hambre. Supe entonces que aquí se levantaría mi imperio.

CUATE: ¿Por qué nunca me visitaste o en las vacaciones me trajiste a tu casa? Era mi sueño.

REY: Los sueños no sirven de nada. Sólo quise evitar que conocieras cómo vivía.

CUATE. ¿Y mi madre?

REY: Ella murió... cuando tú naciste.

CUATE: ¿Cómo?

REY: Ella era una mujer enferma.

REINA: Y con las golpizas que le dabas la mandaste al panteón.

REY: ¿Ahora la defiendes? Acuérdate, después llegaste tú...

REYNA: Sí, llegué yo y muchas más. Estás enfermo. Tú no amas a nadie.

REY: Te equivocas, las amo a todas. (a cuate) Tu madre se quedó dormida en mis brazos una noche, cuando tú estabas recién nacido. Fue lo mejor. Para sobrevivir aquí en el basurero se necesita mucha salud. La enfermedad se te mete por la piel, la respiras siempre; entra por los ojos, te persigue, como pidiéndote a cada momento que pagues el precio por llevarte la riqueza de los tiraderos. Pero cuando ya no te enfermas te vuelves fuerte, más fuerte que ninguno, y entonces nadie puede vencerte. Así empecé. A mí nadie me regaló nada, me defendí hasta con los dientes... hasta que me respetaron. Luego me eligieron como su líder. Todos me obedecen porque soy el rey... el rey de la basura, dueño de todo esto, donde no entra la policía ni los políticos ni la prensa.

CUATE: ¿Cómo era mi mama? ¿La tratabas bien? ¿Le pegabas?

REY: No... Es que ella no entendía.

CUATE: ¿No entendía qué?

MOSQUITO: Tus pinches transas, tus robos, tus asesinatos, tus violaciones.

REY: No soy un santo. Me defiendo como puedo. Estos son como animales, sólo aprenden a chingadazos, pero me inventaron muchas cosas.

REINA: Crea de fama y échate a dormir.

REY: ¡Tú!, ¿qué tienes que reclamarme? Te lo di todo; vivías bien y te traté con respeto. No eras nada y conmigo hasta reina te decían.

REINA: Sí, así fue, hasta que supiste que no podía tener hijos... Entonces me aventaste al basurero; era invierno y me acuerdo de que ni una pinche cobija… Hice mi cama con periódicos, las ratas paseaban por encima de mí y yo paralizada por el miedo…

REY: Bueno, ya estuvo. No te pasó nada, estás viva. ¿Qué más quieres?

REINA: Quiero que me digas por qué me rechazaste.

REY: Eso ya lo sabes: yo quiero tener muchos hijos.

REINA: ¿Para qué?

REY: No sé. ¡Para algo han de servir!

MOSQUITO: Para morirnos de hambre.

TOÑITA: Para dar lástima.

GUAMPIRA: Para venderme al que quiera pagar.

REY: (intenta pegarle) Sí, ya me dijeron que andas de piruja. Pero la culpable es tu madre, pinche vieja tan desobligada.

GUAMPIRA: Cállate. Tú le desgraciaste la vida.

REY: Si causo tantas desgracias, ¿por qué me quieren tanto en los tiraderos?

TOÑITA: Ha de ser que les gusta la mala vida.

REY: Como a ti. ¿Qué haces aquí, pinche maricón?

TOÑITA: Vine… (provocativo) por si se te ofrece algo.

REY: Aquello fue una equivocación. Yo estaba borracho, no sabía lo que hacía.

TOÑITA: Te haces pendejo, que... a ti te gustan los hombres.

REY: ¿Tú qué sabes? Eres como todas las pinches viejas, nada más pidiendo y reclamando. Y no hay una que no me abra las piernas, porque les gusta el dinero. Y después a destrozarme, a darle al rey; ese es el deporte nacional, chingar al que alza la cabeza, porque somos un país de mediocres; no aceptan que nadie sobresalga. ¿Qué saben ustedes de lo que me costó armar las cooperativas, comprar los transportes, convencer a tanto miserable de que podían vivir mejor? Yo tuve un sueño. A todos estos mugrosos me los llevé tantas veces a Acapulco; no conocían el mar y en diciembre, gracias a mí, sus hijos recibieron regalos y les conseguí sus casas para que no vivan en pocilgas de cartón.

MOSQUITO: (sarcástico) Y mientras, sin querer, te hiciste millonario.

REY: Soy un líder, tengo que vivir bien. No puedo andar a pie y tengo que hablar con gente importante. Bueno, esto es un velorio, ¿o qué? ¿Dónde es mi fiesta? ¿Qué no hay nada de beber?

REINA: Siéntate, Rey. ¿Qué quieres tomar?

REY: Pus una cerveza, y sírvanles a todos. (va a la mesa y bebe) Cuate, vente pa´cá. Cuéntame, ¿cómo te escapaste de la escuela? Ah, qué chamaco más cabrón

REINA: (a Lupita) ¿Te pusiste tus pantaletas negras?

LUPITA: Sí, señora. (preocupada) Pero ya me quiero ir, tengo miedo.

REINA: No tengas miedo. Para eso somos mujeres. Además, el trabajo lo va a hacer él, tú nomás abre las piernas y cierra los ojos y piensa en otra cosa, luego vete lejos, salte de aquí; estudia, prepárate, no te quedes en los tiraderos. Esto va a pasar pronto.

LUPITA: Tengo ganas de morirme.

MOSQUITO: Eso es lo más fácil, nada más cierra uno lo ojos y deja de respirar; sientes luego luego cómo el tiempo pasa lento y luego viene la nada, la pura oscuridad, porque después de la vida no hay nada. No seas pendeja, agradece que estás viva.

LUPITA: Como tú no tienes que acostarte con él…

MOSQUITO: Mira, ven (se alejan y hablan en secreto).

GUAMPIRA: (a Toñita) ¿Y tú qué? ¿Te golpearon otra vez?

TOÑITA: (triste) ¡Sí! Y no sé por qué me tratan así. ¿De dónde sacan tanto odio?

GUAMPIRA: De sus inseguridades, de su propia mariconería, de sus miedos.

TOÑITA: ¿Por qué no nos vamos? Pero lejos, a un buen congal… a la frontera, donde encontremos hartos hombres con el pantalón abultado (ríe).

GUAMPIRA: (sigue el juego) ¿Por la cartera?

TOÑITA: No, manita, ¡por lo calientes que se van a poner con nosotras!

GUAMPIRA: Podríamos cuidarnos juntas para que ningún pinche macho se pase de listo.

TOÑITA: Juntamos una lana y ponemos un negocio.

REY: (ebrio) Lupita, Lupita, ven pa´cá, muñequita (ella se acerca temerosa).

Lupita: Aquí estoy, señor.

REY: No me digas así, me haces parecer viejo. Dime… "mi rey".

LUPITA: (sonríe forzada y el Rey le acaricia los senos) Mi rey.

REY: Así está bien. Tú no lo sabes, pero te he estado observando, y cuando te brotaron estas dos flores en el pecho supe que estabas lista para mí. Ahora, dame un beso; no quiero que todos estos perros digan que te violé. Siéntate en mis piernas y que todos sepan lo feliz que eres (ella obedece).

REY: (bebe) ¡A huevo! ¡Chingón que soy! ¡El rey! ¡Dueño de las hembras más hermosas! ¡Todas para mí! ¡Primero para mí! ¡Primero para mí!

FLACA: ¿Me invitas un trago, mi rey?

REY: Caray, ¿a poco te conozco?

FLACA: ¿A poco ya no te acuerdas de mí? Nos dimos un revolcón en la casa del diputado Cepeda; hasta casa me prometiste. Estuve esperando tu llamada, pero, como es tu cumpleaños, te traje tu regalito.

REY: Vas a creer que no me acuerdo, pero así ha de ser. Mira, yo ya tengo mi regalito, pero vente pa´cá, que si una mujer me sienta bien, ¡pues dos requeté bien! (las besa y las acaricia con descaro).

MATARIFE: (entra asustado) ¡Mi rey, mi rey! ¡Señor, patrón!

REY: No me hables tan al tiro, que se me baja la calentura y tengo doble tarea. Ja, ja.

MATARIFE: (asustado) ¡Por la entrada sur se están juntando unos pepenadores! Al frente viene la "Jitomata", la pinche vieja argüendera, y dice que usted le mató al marido porque tenía miedo que le ganara en las elecciones de la cooperativa.

REY: A ese güey lo enfriamos por ambicioso. Aquí nadie discute el precio del kilo del papel ni de nada, yo les pago lo que quiero y al que no le guste, que se vaya mucho a chingar a su madre.

MATARIFE: Traen algunas armas y vienen muy alborotados.

REY: Mira, ve y échales una ráfaga de cuerno de chivo, luego me avisas cuántos muertitos hubo para mandarles flores y las cajas a los huérfanos.

MATARIFE: (duda) ¡Pero, patrón!

REY: ¡Ándale! Que para eso te pago. (sale el matarife) Lupita, arrímate, que ya me estoy enfriando, y no te quejes, que vas a tener ayuda. ¿Verdad, Flaca?

LUPITA: (parece que va a besarlo, pero saca un cuchillo y corta el cuello del rey). Este es tu regalo, maldito.

(El rey quiere decir algo, pero el corte en el cuello lo impide).

FLACA: ¡Mejor calladito, que esto apenas comienza!

(El rey es acostado en la mesa y entre todos sus hijos lo acomodan).

GUAMPIRA: Pensé que eras inmortal, tenía miedo de tus ojos… Este saludo es para decirte que me voy a buscar la vida a otro lado (entierra un cuchillo en su estómago).

MOSQUITO: Toda la vida parado en la mierda, sin amor, sin calor, esto es lo que tú creaste. Ye quitamos la vida para recobrar la que nos robaste (entierra su cuchillo).

LA REINA: Me rechazaste porque no pude darte un hijo. No sabes cuánto lloré, pero ahora sé que fue lo mejor. La gente como tú no debería tener hijos ni nombre ni nada, sólo pudrirse en el olvido (encaja su cuchillo).

TOÑITA: Maldito, muérete de una vez por todas (encaja su cuchillo).

CUATE: ¡Papá, tienes que morir para que yo viva! Me hiciste tanta falta, tengo tanta de sed amor... (toma una copa) Beberé tu sangre amarga para no olvidarte.

LA FLACA: Uno a uno beberán el vino rojo y amargo (llena una copa en sus heridas y la ofrece a todos) ¡Sangre amarga de la maldad!

Todos: ¡Trae hielo a estos corazones ardientes!

LA FLACA: ¡Sangre salada del asesino!

TODOS: ¡Trae descanso a nuestro corazón atormentado!

LA FLACA: ¡Carne muerta del pecador!

TODOS: ¡Quita el hambre eterna de justicia!

(Todos cortan un pedazo de su piel y la comen).

MATARIFE: (se acerca; está herido): ¡Ya vienen! Vienen los pepenadores y están encabronados. Mejor nos vamos, patrón (cae a un lado del rey).

(Todos salen lentamente. A lo lejos se oyen las voces con gritos: "¡Asesino! ¡Maldito! ¡Hoy pagarás por tus crímenes! ¡Muera el rey! ¡Muera el rey!).

(Cae el telón).

Una inolvidable noche de sexo

De Pedro Aguayo Chuk

Personajes:

Mayra: bailarina de table dance, 21 años, hermosa, sensual y de cuerpo voluptuoso.

Edy: 38 años, regordete, tiene tipo de oficinista, usa unos anteojos gruesos y tiene calvicie pronunciada.

Guicho: 40 años, alto, fornido y mal encarado.

La acción ocurre en una mesa privada de un *table dance*. Época actual.

Desnudo tu cuerpo con mis ojos;
bebo la sal amarga de tu cuerpo;
con los dientes te arranco la piel, y
me alimento de tu sangre.

(En la mesa, Edy bebe nervioso una cerveza directo de la botella. Llega Mayra, quien lleva un vestido rojo y usa zapatillas de enorme tacón).

MAYRA: ¿Tú pediste un baile privado?

EDY: (titubeando) ¡Sí!

MAYRA: (se da cuenta y sonríe) ¿Tienes miedo?

EDY: ¡No, no!

MAYRA: ¿Me invitas una copa?

EDY: Sí, claro. ¿Qué tomas?

MAYRA: (llama al mesero) ¡Guicho! (el locutor no deja oír).

VOZ: (voz en off que proviene del salón principal del table dance) Desde las cálidas playas de Río de Janeiro en Brasil, la más sensual y caliente mulata, el cuerpo escultural de… ¡Niiiiiina! (gritos, silbidos).

MAYRA: (cuando baja el escándalo) ¡Míralos! Como perros (al mesero). ¡Guicho! ¡Una cuba! (guiña el ojo) ¡Suave, que tengo que subir a la pasarela en el tercer turno! (a Edy) ¿Es tu primera vez?

EDY: ¡No! Vengo seguido.

MAYRA: No te había visto por aquí.

EDY: (sonríe) ¿Recuerdas a todos tus clientes?

MAYRA: (seductora) Sólo a los guapos, como tú (lo besa y con la mano le acaricia el sexo).

EDY: (se aparta, con amargura) ¡Yo soy feo! ¡Lo sé! (ríe con amargura) Tenía un primo que me decía "cara de caca".

MAYRA: ¡Le hubieras partido el hocico, estás grandote!

EDY: (frío) Le corté el pescuezo con una navaja de peluquero y me le quedé mirando hasta que no le quedó una gota de sangre. Nunca había visto a un hijo de la chingada más blanquito.

MAYRA: (incrédula) ¡Aaay, cabrón! ¿Lo hiciste? (le llevan su cuba y bebe).

EDY: (suelta la carcajada) ¡Te lo creíste! ¡Qué pendeja!

MAYRA: (inquieta) ¡Bueno, a trabajar! Dame tu boleto. Esta pieza me gusta (sube la música, baila, lo acaricia y su cuerpo se funde con el de Edy) ¡Te voy a poner bien cachondo! ¡Así, así! (Edy cierra los ojos) ¡Qué! ¿No te gustó? (termina la música y ella está sorprendida) ¿Qué no me querías ver?

EDY: Te imaginaba.

MAYRA: (irónica) ¿Para qué? Aquí me tienes en vivo y a todo color.

EDY: Te imaginaba en mi vida.

MAYRA: (no entiende) Eres un tipo raro.

EDY: Como mi compañera.

MAYRA: (comprende al fin) ¿A poco te vas a casar conmigo?

EDY: (con los ojos cerrados, habla lento) ¡No! ¡Te voy a matar! Y luego me muero yo para acompañarte.

MAYRA: (jugando) ¿Qué? Ya sé. ¡La muerte chiquita! ¿Eres muy bueno en la cama?

EDY: (sin escucharla) Un navajazo en tu hermoso cuello y ya está... Te desangras como los marranos que mataba mi abuela. ¡Ah, cómo chillaban los malditos! O como mi primo...

MAYRA: (asustada) ¡Tú estás loco! ¡Voy a llamar a los sacaborrachos! ¡Guicho, Guicho!

EDY: (intenta calmarla) ¡Es broma!

MAYRA: ¡Ni madres! ¡De dónde sacas esas pendejadas?

EDY: Las vi en una película.

MAYRA: (más tranquila) ¿Cómo te llamas?

EDY: Edy.

MAYRA: ¡Eduardo! Ya estás muy verijón (le toca el sexo).

EDY: (le aparta la mano) Sí, pero me dicen Edy. ¿Y tú cómo te llamas?

MAYRA: ¿No oíste al locutor? Mayra.

EDY: Me refiero a tu verdadero nombre, no al de batalla.

MAYRA: Dime Mayra, con eso es suficiente.

EDY: ¿Te asusté? Sólo vine por una noche de sexo, nada más.

MAYRA: Estás bien loquito, ¿sabes?

EDY: Todos estamos locos, ¿o me vas a decir que se necesita estar muy cuerda para encuerarse en medio de puros desconocidos?

MAYRA: Esto es distinto. Nací desnuda; la ropa no me estorba, pero me la quito fácil y rápido. Fíjate que hasta me regañaban al principio. "El Sope", el dueño de este antro, me decía: "Despacio, mi'ja, guarda el estropajo para el fina…

EDY: (no entiende) ¿El estropajo?

MAYRA: (ríe) ¡El pelo del chocho! (continúa) "Ya que estén bien calientes estos canijos, entonces sí. ¡Tengan para que se entretengan! ¡No seas pendeja! Quítate la ropa poco a poco". Y así aprendí…, pero me gusta saber que me desean, que me miran; eso es bueno para levantar el ánimo. Pero luego están los privados, bailarle a los que te contratan para ellos sólitos; yo prefiero no pensar en eso, en su sudor, en su aliento, en la loción barata que usan. Siempre vengo al bar con una mezcla de excitación y miedo. Aquí viene de todo: hay hombres muy enfermos, locos, frustrados, como con rabia o tristeza, ¿qué sé yo? Los calientes mojan el pantalón y ya, los locos no, esos te miran como si quisieran arrancarte la piel y tragarse tus entrañas… Esos me dan miedo.

EDY: ¿Y yo?

MAYRA: (finge no entender) ¿Tú qué?

EDY: ¿Yo te doy miedo?

MAYRA: (evasiva) No preguntes tanto, ya se te va a terminar tu tiempo.

EDY: Compro otra ficha y ya. ¡Guicho, Guicho! (Llega el mesero) Otra ficha y sírvenos igual. (a Mayra) Ya está. Y entonces…, ¿qué?

MAYRA: (sin convicción) No, tú no.

EDY: (se para detrás de ella y la toma por el cuello) Te vi en la pasarela con el chorro de luz siguiéndote y pensé: "¡No es posible! Es igualita a una prima de la que me enamoré cuando era niño". Pero un día se fugó con un hijo de la chingada y ya no la volvimos a ver.

MAYRA: Y nada más por eso me contrataste. Yo no soy tu prima.

EDY: Pero eres igual de hermosa.

MAYRA: Te doy un consejo… ¡No busques lo que ya se fue! (con tristeza) Porque te vas a quedar en ese viaje y la vida te pasar por adelante sin avisarte.

EDY: Pero ya te encontré.

MAYRA: ¡Ni madres! ¡Yo no soy tu prima!

EDY: (infantil) Eres como ella. ¿Por qué estás enojada con la vida?

MAYRA: ¡Porque la vida es mierda! ¡Tú qué sabes!

EDY: Entonces vámonos.

MAYRA: No puedo salir, ya te lo dije. Todavía tengo otro show…

EDY: ¡No! Vámonos de la vida…

MAYRA: (asustada) ¿Qué? ¡Déjate de pendejadas!

EDY: (saca una pistola y se la pone en la boca) ¡Sshht! Silencio. Qué falta de respeto para tus compañeras de trabajo, déjalas que bailen. ¿Para qué vas a hacer un escándalo? Quédate calladita…, que así eres perfecta. Tan hermosa…, sólo para mí (acerca su nariz y huele con desesperación).

> Desnudo tu cuerpo con mis ojos;
> bebo la sal amarga de tu cuerpo;
> con los dientes te arranco la piel, y
> me alimentaré de tu sangre…

MAYRA: (sigue el juego para salvarse) Yo soy tuya, te pertenezco, te voy a hacer feliz. Vamos a gozar, ¡vas a ver qué rico! (lo besa, lo acaricia, su mano izquierda va al sexo de Edy y de pronto aprieta con fuerza. Edy grita, se retuerce por el dolor y ella lo desarma) ¿Qué pensabas, pendejo, que me ibas a joder? ¡Qué pendejo! ¿Querías una noche de sexo? ¡Guicho! ¡Guicho!

GUICHO: ¿Qué pasó? ¡Otro pinche loco!

MAYRA: ¡Dale una noche inolvidable de sexo! ¡Agítale el cerebro!, ¡para que se le quite lo pendejo!, ¡para que aprenda! Tengo que subir a la pista.

VOZ EN OFF: Y ahora con ustedes, la diosa del sexo…, ¡Mayra!

(Aplausos y silbidos mientras cae el telón).

www.ingramcontent.com/pod-product-compliance
Lightning Source LLC
Chambersburg PA
CBHW070600180626
46817CB00005B/1926